社文庫

美女と竹林

森見登美彦

光　文　社

美女と竹林

目次

「登美彦氏は如何にして竹林の賢人となりしか」

森見登美彦氏とは、いったい何者か。

この広い世の中、知らない人の方が多いに決まっている。したがって、筆者はまず彼を紹介することから始め、遺憾なことに「この人を見よ！」と言わねばならない。さらに遺憾なことに、「見たところで、あんまりトクにはならんよ！」とも言わねばならない。

森見登美彦氏は、今を去ること三年前、大学院在学中に一篇のヘンテコ小説を書いて、ぬけぬけと出版界にもぐりこんだ人物である。一世を風靡《ふうび》するかに思われたが、風靡せんかった。

「在学中にデビュー」という言葉には魔力がある。「そんな人物は天才肌で、すばらしい才華の持ち主に違いない」と思う人もあるかもしれない。あえて訂正しない方が登美彦氏には好都合なのだが、筆者は肝心なところをごまかすわけにはいかんと信じるものである。

登美彦氏を個人的に知る者で、彼を天才だと思う人間は皆無である。彼を天才だと思っているのは、天地人の間に、ただ一人登美彦氏あるばかりだ。これはもはや妄想のたぐいと言っていい。

どうして反省しないのか。

虚心に己を見ないのか。

登美彦氏は言う――「そんなおそろしいことは、お断りだ！」と。

虚心に己を見ないまま、登美彦氏は京都で暮らしている。

彼の住処《すみか》は御霊《ごりよう》神社のそばにある。昼なお暗い地下室であり、彼がその闇の中から姿を現すことはめったにない。ごくたまに広大な出版物の海にぷかりと顔をのぞかせてニヤリと笑ったかと思うと、またすぐにぶくぶくと沈んでしまう。沈んでいるあいだは、どこで何をしているのか明らかではない。そして、強いて明らかにすべき理由もないのである。

○

二〇〇六年、晩夏の夕暮れである。

吉田山のふもとにある喫茶店にて、登美彦氏はムツカシイ顔をしていた。

夕飯どきには早いので、静かな店内にいるのは登美彦氏ばかりだ。彼はお気に入りのめんたいこスパゲティをたいらげてから、珈琲を頼み、煙草をふかしている。

机には小さな手帳が置かれていた。

彼がムツカシイ顔をしていたのは、「想を練る作家」をたくみに演じておれば、神様がなにか勘違いをして、ほかの有能な人に注ぐべきアイデアを誤って自分の脳へ注いでしまうかもしれないと思ったからである。しかし神様も安易な策略には騙されないらしい。世人を驚愕《きょうがく》させるようなアイデアや、女子高生にきゃあきゃあ言われそうなアイデアは、まったく降ってこなかった。

彼が考えていたのは、なりふりかまわずに大団円へ持ちこもうとしつつある『夜は短し歩けよ乙女』という小説のことでもあったし、これから先の人生を如何《いか》に生きるべきか、ということでもあった。どちらも、登美彦氏には手ごわい問題である。珈琲を飲みながら考えているうちに、登美彦氏の脳裏は「これからの人生を如何に生きるべきか」という問題で占められてきた。それは大問題であり、氏が腕組みをして無い知恵を絞ったところで、やすやすと答えが出るものでもなかった。

「しかし諸君。なかなか解決できないことが大問題の愛すべきところでもあるのだ」

なぜなら、答えの出ない大問題に取り組んで、目前の問題から目をそらしたい場合もあるからである。締切がないだけでもありがたい。登美彦氏は、緊急を要する課題（『夜は短し歩けよ乙女』を如何にして終わらせるか）に取り組むのに疲れていて、現実逃避をしたかった。

登美彦氏は考えた。

「求められるままに小説らしきものをうじうじ書いているが、ワタクシは本当にこのままノホホンと暮らしていて良いものだろうか。近いうちに、じつはそんなにオモチロクないということがバレるかもしれないぞ」

登美彦氏はだんだんその考えに夢中になり、ついには激高《げっこう》した。

「安閑としていて良いものか？　良いわけがない！　行き詰まる前に、先手を打つ必要がある！」

万事先手を打てたためしのない登美彦氏は、「しかしできるだろうか、この俺に？」と不安になった。そこでいったん考えるのをやめて、珈琲を飲みながら本を読んだ。

しばらくしてから、彼は本から顔を上げた。

「多角的経営！　これだ！　これしかない」

これからの時代、小説を書くことだけに打ちこんでいるわけにはいかんと登美彦氏は考えた。

しかしそこでまた彼は困る。

登美彦氏には趣味というべきものがない。かつては書くことが趣味だったが、それが仕事になったとたん、登美彦氏唯一最大の趣味が消え失《う》せた。好きなことをやってお金をもらっているのであるから、そのことに文句を言うつもりはないけれども、新しい道を模索する上では不便なものだ。

登美彦氏は腕組みをして考えていたが、「何でもいいから書いてみろ。この世にあるもので、やみくもに好きなものを書いてみろ」と自分に言い聞かせた。そして、まるで書き初めをするかのように背を伸ばし、厳粛にボールペンを握って、手帳に大きく書いてみた。

「美女と竹林」

○

美女に惹《ひ》かれるのは、やむを得ない。説明は無用であろう。

竹林については、少し説明する必要がある。

登美彦氏がいつ頃から竹林に惹かれ始めたのか、それはよく分からない。

幼少のみぎり、登美彦氏は父親に連れられて、祖父の家の裏にある竹林へタケノコを掘りに出かけた。彼が覚えているものは、父親が大きなスコップをざっくりと地面に刺す音、立ちこめる土の匂い、ぶちぶちと根が切られる痛そうな音、泥だらけのタケノコを抱え上げたときのふわふわざらざらした皮の感触、タケノコを茹《ゆ》でる匂いが漂う祖母の台所、そして少し育ちすぎてしまったタケノコの舌にヒリヒリする味であった。子ども時代の登美彦氏は、肌と鼻と舌をつかって、竹林世界を把握した。

それが登美彦氏と竹林の出逢いであった。

以後、まるで運命の赤い糸で結ばれた恋人たちのように、彼らはしばしば再会を果たすことになる。

それは中学校時代に幼い弟と一緒にフェンスを乗り越えて忍びこんだ近所の竹林であったり、薄暗い図書室の隅で読んだ『竹取物語』であったり、浪人時代に試験勉強から逃れてさまよった寺の裏にある竹林であったり、大学二回生の頃に文化人類学の演習で出かけた茶筅《ちゃせん》づくりで有名な奈良高山《たかやま》の竹林であったり、琵琶《びわ》湖畔の淋しい夜の田舎道で街灯に照らされる竹林であった。そして、彼が大学院の研究室に在籍していた頃、研究対象は竹であった。

幼少の頃、登美彦氏の脳裏にぽこぽこと生えだしたタケノコは、氏が成長するにつれて背を伸ばし、やがて脳の片隅にうっそうと生い茂った。それはモアイ像や太陽の塔や海賊船など、氏がこよなく愛するものたちをうちに秘め、静かに風に揺れている。

父親に連れられてタケノコ掘りに出かけて以来、二十年。

登美彦氏は、自分が竹林を愛していることを改めて感じた。

これは、身近すぎて何とも思っていなかった幼なじみの女性が、じつはたいへん魅力的であることに気づくのに似ている。

「そうだ。これからは竹林の時代であるな！」

登美彦氏は手帳を閉じて呟《つぶや》いた。

今ここに、登美彦氏の人生の大問題は、「竹林」へとたくみにすり替えられた。

○

竹林が好きだとしても、「好きだ好きだ」と言っているだけでは何ともならん。

たとえば、見合いの席を思い浮かべてみよう。

向かいに座る美しい女性に「ご趣味は？」と聞かれた場合、「竹林が好きです」とこたえる。話の接《つ》ぎ穂がないにもほどがあるが、もしも相手が懐《ふところ》の深い女性であって、さらに「タケノコを掘ったりされるんですか？」と問うて、広がりそうにもない話題を広げる努力を重ねてくれたとする。そこでさらに、「いえ、なにもしません。ただボンヤリ好きなだけです」と呟くほかないとすれば、それはもう、男として、人間として、人生の与える喜びに対して怠慢だと言わねばならない。

「せめてタケノコぐらい掘れ！」

そう叱咤《しった》できる男にならねばならぬと、登美彦氏はつねづね考えている。

「タケノコ掘ります」と胸を張って言うことができれば、なんとなく頼もしく見えるかもしれないし、あわよくば自炊もできる自己管理能力のある男のような錯覚を与えるかもしれない。そこで追い打ちをかけるように、竹林経営のビジョンについて滔々《とうとう》と語りだし、相手が逃げ去った後もなお語り続けて止《や》めないのも、それはそれで立派な生き方だ。

「少なくとも、ぼんやり好きなだけよりもはるかにマシだ」

登美彦氏はそう考えた。

「見合いの席に備えるわけではないが、具体的行動が必要である。ただ好き好きと言うてるだけでは、ただの竹林のオッカケにすぎない。竹林のオッカケって、なんだ。もっと積極的に竹林とかかわっていこう！」

登美彦氏の念頭にあったのは、数カ月前に鍵屋《かぎや》さんという職場の先輩から聞いた話であった。

鍵屋さんは、阪神タイガースをこよなく愛する、眼鏡と橙《だいだい》色と探偵帽子の似合うお姉様である。

登美彦氏は、よく鍵屋さんと世間話をする。

締切、睡眠不足、栄養不足、文房具買いすぎ、などのさまざまな悩みを抱える登美彦氏は、しばしば鍵屋さんに悩みを語っては逆にやりこめられるということを繰り返し、無念の涙を呑んできた。そして、自分が「将来有望な若手作家であるかもしれないというのに、まったく重んじてもらえん」と不満に思っていた。それが、自分の日々の言動と若気の至りで書き散らした阿呆小説のためであるという点にまったく思い至らぬところに、氏の自己批判能力の限界がある。

さらに述べるならば、鍵屋さんの御母堂は登美彦氏が作家として初めてもらったバレンタインチョコの記念すべき贈り手でもあり、これまた阪神タイガースをこよなく愛する人である。

彼女たち母子の阪神タイガースへ注ぐ愛はあまりにも深く、登美彦氏の想像を超えている。なにが彼らをして、そこまでの猛虎主義者たらしめたのか。それを考えるとき、登美彦氏はいつも「人間の業《ごう》」という言葉を思い浮かべたりするという。

しかし、とりあえず阪神タイガースの話はまったく関係がないのだ。

鍵屋さんの家は京都の西、桂《かつら》にある。

洛西《らくさい》は「洛西竹林公園」があることでも分かるように、竹林が多いことで有名である。

世間話をしているとき、鍵屋さんの家が竹林を所有しているという話が出た。「以前は祖父が手入れをしていたが、今は手入れをする者が誰もおらず、荒れたままになっている」と鍵屋さんは語った。それを登美彦氏はしつこく覚えていたのである。

彼は考えた。

「その竹林に、俺が手を入れるというのはどうであろう。そうすれば、竹林への愛を具体的行動へ移すことができるし、鍵屋さんからは『ヤルときはヤル作家だ（小説と関係ないけど）』と尊敬され、御母堂にはバレンタインチョコのお返しができ、近年問題化している荒廃した竹林による環境破壊を防ぐことができる。さらには、自分の脳裏にある理想の竹林を、この手で作るという経験もできる。ここで腕を磨いて、竹林を自在に手入れする能力を培《つちか》うのだ。竹林は広大な沃野《よくや》だ。可能性の宝庫だ。商機充満。騒がしい世間から離れて孤独を愛して暮らし、そして、無闇においしいタケノコや、やけに小さな竹とんぼ、意外によくできた門松などを売りさばく竹林成金……」

ここまで考えてくると、登美彦氏はわくわくとして落ち着かなくなった。

彼はそそくさと手帳を鞄へしまい、席を立った。スパゲティと珈琲の代金を支払い、喫茶店から外へ出た。夕空は桃色に染まっている。

残暑の厳しい夕暮れの京都の街を歩きだしながら、登美彦氏は大いなる野望に胸膨らます。

「いずれはカリスマ竹林経営者として、TIME誌の表紙を飾る。これはもう、作家業に行き詰まった場合の布石なんていう生半可なものではない。華麗なる転身だ。世界の森見、森見・Bamboo・登美彦！　たまには小説も書く社長。そしてうなるほどの大金を稼ぐ。その大金でまた竹林を買う。親友の明石《あかし》には早く弁護士の資格を取ってもらって、ＭＢＣ（モリミ・バンブー・カンパニー）の重役兼顧問弁護士をやってもらおう。たまには長期休暇を取って、どこかへ旅行に出かけるのもいいな。そうだ、経費で自家用セグウェイを買って、明石や社員たちと視察をかねて琵琶湖を一周しよう……うぃーん」

登美彦氏はそんなことを考えた。

そして暮れゆく空へ指を立て、「諸君。どうやら未来は薔薇色らしいぞ！」と呟いた。

○

鍵屋さんはなにしろ先輩であるし、なにかにつけ叱責されてきた相手なので、「アナタごときが竹林を手入れしようなんて百年早いんとちゃう？」と言われるのではないかと登美彦氏は思った。心配しいしい切り出してみたら、「好きにしてええよ」ということになった。簡単！

十月のある日、気持ち良く晴れた午後に、登美彦氏は桂へ視察に行ってみることにした。

「ちょっとした旅行のようではないか」

阪急電車に揺られながら、登美彦氏は嬉しくなった。彼の行動範囲はきわめて狭いので、堀川通《ほりかわどおり》より西へ行くだけで、旅行のようなものである。

電車に揺られること十分ほどで桂駅に到着した。

駅前はこぢんまりとして、午後の陽射しに立ち木の影が濃かった。登美彦氏はバス停をうろうろしてみたが、どのバスに乗ればいいのか分からない。秋晴れで涼しい日であったので、登美彦氏は駅前から、目指す竹林まで歩いていくことにした。そう決めると、地図を確認しようともせず、ずんずんと歩きだした。これは登美彦氏が持つ一〇八の悪い癖のうちの一つである。

たとえば旅行などに出かけて知らない街へ到着したとき、登美彦氏は地図を確認したがらない。とりあえず歩きだしてしまうのである。そうしてわけが分からなくなったところでしぶしぶ地図を開くのだが、時すでに遅し！　自分の居場所も分からなくなっているのだから、地図を睨《にら》んだところでなおさらわけが分からん。という次第で、旅先の時間をおおいに無駄にする。

その日も登美彦氏は、足の向くまま、気の向くまま、「なんだかあちらが竹林臭いぞ」というぐらいの見当で歩いていった。

空は果てしなく青く、風はおだやかである。

「絶好の竹林日和《びより》だなあ」

登美彦氏は呟いた。

休日の昼下がりの町はひっそりと静かである。落ち着いた佇まいの家々が水路に沿って続く界隈に、登美彦氏は桂という町の歴史の重みを感じた。まんじゅう屋の前に足を止めたり、昭和の香りを色濃く漂わせる喫茶「もなりざ」の前に足を止めたり、止まったり歩いたり止まったりしながら進んでいく。

三十分ほど歩いたところで、鍵屋さんの竹林らしいところへ到着した。

これは方向音痴の登美彦氏には珍しいことである。

ちなみに、「鍵屋さんの竹林らしい」というあやふやな表現になってしまうのはやむを得ないことで、登美彦氏が辿《たど》りついた竹林は複数の持ち主によって分割されており、厳密に言えばどの一角が鍵屋さんの竹林なのか、まだ確認していなかったからである。ひとまず竹林の荒れ具合を見て、もしジュラシック・パーク的な感じになっていたら、鍵屋さんの家に話を通して手をつける前に、潔く手を引こう。それが登美彦氏の魂胆であった。

竹林は墓地のとなりにあった。

墓参りをする人たちから怪しまれながら、登美彦氏はガサガサと竹林をかきわけて、奥へ足を踏み入れていった。竹はどこまでも続いている。枯れた竹の葉が幾重にも重なった地面はクッションのようにふかふかしている。見上げると、青く細い葉の隙間から明るい光が見えていた。

ただでさえ静かな桂の町の音は、竹林へ分け入るほど遠ざかり、もはや登美彦氏が枯れ葉を踏みしめる音と、枝を折る音しか聞こえない。あたりは森閑としていた。

「二十代も終わりにさしかかる男が一人で竹林をさまよっていると、どうにも犯罪めいて見える。何一つ悪いことはしてないのに！　これでは竹林の賢人ではなく、竹林の怪人だ」

登美彦氏は不安に思った。「通報されたらどうしよう」

奥へ進むと枯れた竹がおびただしく倒れており、まるで竹の墓場のようだった。登美彦氏は一人で竹林の真ん中にぽつんと立ち、あたりを見まわした。

「おそらくこのあたりが鍵屋さんの竹林だろう。しかしこれを一人で片づけるのは荷が重い。人に怪しまれるのはごめんだし、刈った竹を運ぶのも面倒だ。なによりもまず淋しすぎる。一日竹林にこもって竹を刈っていたら、いくら竹林好きの俺でも死にたくなるかもしれん。私はなにしろタンポポの綿毛のように繊細で、子兎のごとく淋しがり屋だから」

そこで登美彦氏が真っ先に思い浮かべたのは、大学時代から付き合いが続いている明石という男であった。彼はいったん大阪の某大手銀行に就職したが、二年勤めて退職し、今は法科大学院に通い、身を削って勉強している。彼ならば俺様の応援要請を無下にはすまい、と登美彦氏は考えた。

登美彦氏は携帯電話を取りだした。

大学の自習室に籠《こ》もって勉強しているはずの明石氏へメールを送った。

「竹、切らん？」

やがて明石氏から返事が来た。

「ええよ」

かくして登美彦氏はすべすべした竹の幹を撫《な》でながら、軽やかに歩きだした。

日をあらためて、鍵屋さんのお宅へ挨拶《あいさつ》に行かねばならない。ノコギリも買わねばならない。軍手も必要だ。盟友明石氏の力を借りて、いざ、理想の竹林実現へ向かって第一歩を踏み出すのだ。

「二十一世紀は竹林の時代じゃき」

登美彦氏は言った。「諸君、竹林の夜明けぜよ！」

「ケーキと竹林」

妄想作家森見登美彦氏は、作家として行き詰まることを見越して「多角的経営」を志し、竹林経営へ進出することにした。十月のある晴れた竹林日和、登美彦氏は洛西の竹林へ分け入ってみたが、荒れて薄暗い竹藪《たけやぶ》をうろつく己が不審者以外の何ものにも見えないことを発見。子兎のごとく淋しがり屋で、一緒に竹を刈ってくれる心の友を必要とした登美彦氏は、ともに笑いともに泣いてきた盟友・明石氏へ協力を要請した。頼りになる友のかぎりなく無力に近い腕力と法科大学院仕込みの知識を武器に、登美彦氏はみごと竹林を整備して、二十一世紀竹林経営のパイオニアとなることができるのか？　洛西の竹藪に夜明けは来るのか？　はたして登美彦氏の未来は薔薇色か？

明石氏とはいったい何者であろうか。

青春荒野の片隅で恍惚《こうこつ》と不安に震えていた登美彦氏の前に、その男、明石氏が姿を現したのは今から八年前のことである。

○

当時、明石氏は法学部生であった。

彼の人一倍大きな頭には人一倍皺の多い脳みそが入っており、そのむやみに躍動する脳みそからは、ありとあらゆる詭弁《きべん》、皮肉、蘊蓄《うんちく》、批判、妄想、猥談が、滾々《こんこん》と湧きだして尽きることがなく、初々しかった登美彦氏を圧倒した。登美彦氏はお世辞にも頭脳明晰とは言えないが、明石氏は正真正銘、頭脳明晰である。これは明石氏の名誉のために述べておかねばならない。ただし明石氏はその能力を、専門たる法律の勉強に傾注するだけに飽きたらず、とにかくもう、お年玉のつかい道を知らない子どものように、めったやたらと浪費した。その余人の追随を許さない圧倒的なお大尽ぶりが、大学内の学生たち（主として男）の繊細で高貴なハートを撃ち抜いた。

「彼こそ、救世主にちがいない」

「ありがたやありがたや」

明石氏が百万遍《ひゃくまんべん》交差点を渡ってゆくたびに、男たちは彼の後ろ姿に向かって合掌した。本人の期するところに反して、彼は男たちにモテモテであった。

青春を全力で浪費する男たちをかきわけながら彼は厳《おごそ》かに述べた。

「自分の頭で考えないやつは、クズです」

さらに言った。

「実用に堪えない知識は、ゴミです」

ひまさえあれば自分の頭で考えることを怠り、実用に堪えない知識のほか何一つ持たない登美彦氏だが、馬が合うというのは妙なもので、大学の某体育会系クラブで知り合った彼らは、さして特筆すべき出来事（鴨川の河原で殴り合う、五条大橋で殴り合う、大文字山頂で殴り合う等）もないうちに、なぜだか意気投合した。

そして今、登美彦氏は大学時代の愚行を思い起こすたびに、その走馬燈のように脳裏を駆ける数々の名場面の中に、決まって明石氏の姿があることに愕然《がくぜん》とするという。

登美彦氏が暮らしていた四畳半を、明石氏はしばしば訪ねてきた。そして彼は登美彦氏に向かって、妄想の膨らまし方を教え、法律の豆知識を教え、論理というものを教え、技巧的猥談を教えた。

「ハリボテの孤高でもいい。誇りを持って我が道を歩め」

明石氏はそんなことは言わなかった。

しかし、そう言ったも同然だと登美彦氏は考えた。

登美彦氏の内にある、なにか不吉なるものが起動したのはこの時である。

ごく一部の登美彦氏研究家たちは、この出来事を「パンドラの箱が開いた」と表現する。開いた箱からは、なんだか阿呆らしいものがたくさん出てきた。

明石氏の何年にもわたる薫陶の甲斐あって、登美彦氏はどこに出しても恥ずかしい男に成長した。彼の薫陶があったればこそ、現在の登美彦氏がある。もしも登美彦氏の未来が薔薇色ならば、それは明石氏のおかげである。もしも登美彦氏の未来がいささか無念な、あまりに無念なあんばいになるならば、それも明石氏に責任がある。

明石氏は五回生のときに、ふいに「学費が続かないから就職せざるを得ない！」と言いだし、その宣言通りに某銀行へ就職した。そして、学生時代と地続きの一匹狼ぶりを遺憾なく発揮して同期の男たちの人望を集めたり、上司に反抗したりしたあと、法科大学院に入り直して、ふたたび京都で学んでいる。

今ここに人手が必要となったとき、登美彦氏は手近なところにいる彼を頼るほかなかったのだ。

「竹林経営で名をなすには、彼の助けが必要だ！」

登美彦氏は将来設計に彼を組み入れた。

明石氏の意向は問わなかった。

○

登美彦氏はホームセンターへ出かけて、ノコギリを二本と軍手を購入した。インターネットで見つけた竹林の手入れ方法を読みふけって、「もはや竹林は征服したも同然」と勘違いをした。

そして十一月某日である。

午後一時に阪急百貨店前へ登美彦氏が歩いていくと、明石氏は立派な百貨店の軒先にうずくまって、ぼんやりしていた。身を削る勉強に水をさされ、「俺と一緒に竹林を刈れ」と言われても慌てず騒がず、ゆうゆうと出かけてくるのが明石氏の流儀である。

「『竹を刈るのに何の意味があるのか』と問わないのが彼のスバラシイところだ」

登美彦氏はそう語っている。

机上に波乱を起こして悦に入る登美彦氏に対し、明石氏は現実世界に充ちる波乱の数々をくぐりぬけてきた歴戦の強者《つわもの》であり、些細《ささい》なことではまったく動じない。彼が動じるのは、色白で胸のふくよかな黒髪の美女に言い寄られた場合をおいてほかにない。そういった事態に陥ると、彼は「それはもう激しく動じる用意がある」と言っている。しかし、幸いというべきか不幸というべきか、いまだにそのような機会はない。

「行こか……」

「うむ」

そんな感じで彼らは出発する。

登美彦氏は髙島屋の地下をうろついて、竹林の支配者たる鍵屋家への手みやげを買った。

「大切な竹林を刈らせて頂くのだから、菓子折の一つも持っていかねば」

「森見君がそれほど気を利かせるとは」

明石氏が驚いた。

「ワタクシも社会人ですからね」

阪急電車に乗りこみ、登美彦氏は明石氏の恰好を点検した。

これから竹林を刈りに行くというのに、明石氏は小ぎれいなジャケットを着ている。可愛くて素直な女子高生の自宅へ家庭教師に出かける大学生みたいな恰好である。

「君は竹林をなめているな！」

登美彦氏は言った。「これは子どもの遊びではないのだ！」

「その竹林ってどんなん？」

「茂っている。ジュラシック・パークなみに茂っている」

登美彦氏は明石氏を無意味に威嚇《いかく》した。

彼らは桂の駅前で自転車を借りることにした。

レンタサイクル屋へ立ち寄ってみると、登美彦氏は身分を証明するものを何ひとつ持っていない人間失格状態であることが判明したので、レンタサイクル屋は自転車を貸すことを渋った。そこで、運転免許証を携帯していた明石氏が会員となり、自転車を借りだした。まったく縁のない洛西において、この先の人生で使うこともなかろうレンタサイクル屋の会員になれと言われても明石氏は決して動じない。しかし繰り返すが、彼も色白の美人に迫られれば動じるのである。

水路が走る古い町は、午後の陽射しの下でぼんやりしていた。十一月だというのに晩夏のような陽気で、鍵屋家を探して旧街道を走る彼らはじきに汗をかきだした。

「暑い！」

明石氏は額を拭《ぬぐ》って文句を言いだした。「暑いな！」

明石氏は決して動じない男だが、きわめて簡単にうんざりするのである。

しかし彼らは、竹林伐採にともなう本当の恐怖をまだまだ知らなかったのだ。

○

やがて彼らは鍵屋家らしい邸宅へ到着した。

「同僚の鍵屋さんのお宅は、二百年前からこの街道沿いにお宅をかまえる由緒正しい家柄なのだ。本来ならば君が竹林に手を出せるような筋合いではないことを心に刻め！」

登美彦氏は理不尽なことを言った。

「いやだ」と明石氏は言った。

登美彦氏がおそるおそるインターホンを押すと、鍵屋さんの御母堂が姿を現した。彼は御母堂と面識があった。

その年の夏、登美彦氏は職場の上司と同僚の鍵屋さんに連れられて甲子園へ阪神タイガースの試合を見物に出かけた。阪神百貨店の菜の花畑のようなタイガースグッズ売り場で待ち合わせ、ということだったので、登美彦氏がうろうろしていると、鍵屋さんといっしょに御母堂が現れた。何のために御母堂が来たのかというと、

「わたしの分まで応援してきてください！」と登美彦氏にカツを入れるためであった。そうして本当にカツを入れただけで御母堂は去っていった。肝心の登美彦氏は、上司に「ここに入ったらホームランだから。分かる？　ここ！」と懇切丁寧に説明されるほど、球をもてあそぶ競技全般に関する教養がなかったから、御母堂の期待にこたえられるはずもなかった。暮れていく甲子園の空を眺めながら焼き茄子と麦酒《ビール》を消費することだけに専念し、トラッキーがぺこぺこ出入りするメガホンをわけも分からず振り回すだけだったのである。鍵屋さんの御母堂の阪神タイガースへ注ぐ愛はあまりにも深い。なにが彼女をして、そこまでの猛虎主義者たらしめたのか——しかし、とりあえず、阪神タイガースの話はまったく関係がないのだ。

「どうもどうも」

登美彦氏は曖昧《あいまい》な「どうも」を連発しながら、明石氏を紹介した。

「どうぞどうぞ」

御母堂はたくみに応戦し、まごまごしている彼ら二人を座敷へ上げた。

そしてどこかへ行ってしまった。

「おかまいなく！　どうぞ！　おかまいなく！」と登美彦氏は呟いたが、声が小さかったので相手に届かなかった。しまった！　と思ったが、すでに手遅れである。登美彦氏と明石氏は借りてきた猫の首についている鈴のようにチョコナンと座敷に座り、事態のなりゆきを見守った。歓待され慣れていないのが見え見えである。

登美彦氏の同僚の鍵屋さんは友人に会いに出かけて不在らしい。

家はひっそりとしている。

「じつに人生というのは不思議だな。まさか竹林を自ら手入れできることになるとは思わなかったな。しかもまったくご縁がなかったお宅で歓待されているのだからな」

登美彦氏は「思えば遠くへ来たものだ」と呟いた。

彼に輪をかけて妙な目にあっている明石氏は、人生の不思議さをとりあえず鷹揚に受け入れることに決めたらしく、正座して窓の外を睨んでいる。小ぎれいな恰好をした彼は、そうやっていると家庭教師先の両親の手前、体裁をつくろっている大学生に見えるのであった。

御母堂は反復横跳びのように台所と座敷を目まぐるしく行き来し、登美彦氏と明石氏をもてなした。その動きは神速と言うべきで、登美彦氏が持ってきた手みやげを渡そうとすると、今まで目の前にいたはずの御母堂が、もう姿を消していた。

手みやげを渡す機会をつかむことができず、登美彦氏は悔しい思いをした。

そうするとまた御母堂が姿を現した。

「ケーキを焼いたんですけど、粉を間違えてパンみたいになってしまって……」

そう言いながら御母堂は、ケーキの定義を微妙に逸脱する歯ごたえのあるケーキを、皿にのせて出した。登美彦氏と明石氏は昼食を食べていなかったので、その歯ごたえのあるケーキをもむもむと食べた。そうすると腹がふくれ、いよいよ「竹林を刈ろう」という気分になった。

「早く手みやげを渡して辞去しなくてはならない」

登美彦氏が焦れば焦るほど、御母堂はめまぐるしく座敷内を動く。

とても渡せない。

御母堂は登美彦氏の著作を読んでくれているので、彼は「竹林拝借」と書きこんだ自著を二冊携えていた。菓子折と一緒に渡そうと思っていたのである。しかし、渡すに渡せないまま、手みやげが行き場を失って宙ぶらりんになっていると、自分のそういう所行がなんだか痛々しく思われてきたので、いっそう激しくケーキを嚙みしめるほかなかった。

そして、登美彦氏に誘われるままにナゼか竹林を刈りに出かけた先で肝心の竹林を刈ることもできず、見も知らぬ人の家に上がりこんで座敷に座る羽目になり、意外に歯ごたえのあるケーキを嚙みしめながら、人生の不思議をも嚙みしめているはずの明石氏の心中はじつに謎であった。

ふいに明石氏が言った。

「俺たちは竹を刈りに来たのではないのか？」

「うむ」

登美彦氏は唸《うな》った。「もう少し待て」

そうは言ったものの、登美彦氏に打開策があるわけではなかったのだ。

このまま御母堂がその素晴らしい運動を続ければ、四条河原町《しじようかわらまち》髙島屋地下で買ったお菓子も、頼まれてもいないのにサインを書き入れた自著も、ともに持ち帰るほかない。

「そもそも目的地の竹林へたどりつけるかどうかも分からない」

登美彦氏が絶望しかけた矢先、出かけていた鍵屋さんがようやく自宅へ帰ってきた。彼女は酢牡蠣《すがき》さんという友人を連れていた。

座敷に入ってきた鍵屋さんに、登美彦氏は御母堂に手みやげが渡せないと訴えた。鍵屋さんが「お母さん、ちょっとジッとして！」と言うと、ようやく御母堂の往復運動がおさまって、登美彦氏は手みやげを渡すことができた。

「おお、これで心おきなく竹林へ向かうことができるな！」

「よしよし」

登美彦氏と明石氏はぶつぶつ言い合った。

歯ごたえのあるケーキは食べ終わり、飲み物も一滴あまさず飲み干した。いざ行かん、竹林が我らをお待ちかねだ！　と思ったところへ、酢牡蠣さんが買ってきたという大きな林檎のケーキが出てきて、さらに登美彦氏たちの皿に追加された。登美彦氏と明石氏はふたたびケーキを食べることにした。

明石氏がふと思い出したように呟いた。

「俺たちは竹を刈りに来たのではないのか？」

「まあ待て。もう少し頂こう」

登美彦氏は考えた——このままでは竹林へ到達するまでにどれぐらいたくさんの

ケーキを食べることになるか分からない。座敷に座って、このめくるめく歓待をありがたく受けているうちに、「荒れた竹林を立て直すべくやってきた頼りになる男たち」というイメージは雲散霧消するだろう。あとに残るのは、やけに甘いもの好きの二人組というイメージばかりである。いかにケーキがおいしくても、沽券《こけん》にかかわるというべきだ。我々としたことが！　むしゃむしゃ喰っている場合ではない！

そんなことを考えていると、御尊父が登場したので、登美彦氏と明石氏はすばやく直立して挨拶をした。

○

登美彦氏と明石氏は歯ごたえのあるケーキと柔らかいケーキを腹におさめて活力を得たのち、ようやく鍵屋家をあとにして、竹林征伐へ向かった。

無事に歓待を切り抜けた今、登美彦氏はすでに竹林を支配下におさめたような顔をしていた。彼にとって、受け慣れない歓待を受けてまごまごしたり、手みやげをのであろう。
渡しそこねて途方に暮れたりするよりは、かたい竹を粉砕する方が容易に思われた

ここに登美彦氏の竹林認識の甘さがある。

「いやあ、困ったな」

明石氏は言った。「歓待されるにもココロの準備というものが」

「すまない。けれどもあとは竹を刈りまくるのみ。我々の腕の見せどころだ」

気だるい午後の陽射しの中、彼らは自転車を走らせた。

寺の駐車場のかたわらに自転車を止め、草の茂った細い道を辿っていくと、鍵屋家の竹林が現れた。となりには手入れの行き届いた明るく美しい竹林が広がっているが、細い道を隔てたこちら側は、ほとんど陽が射しこまず、文字通り明暗を分けている。登美彦氏と明石氏が竹林伐採の腕を実地に発揮しなくてはならないのは、その鬱蒼《うっそう》と茂っている竹林である。

登美彦氏たちが足を踏み入れると、枯れて倒れた竹がめりめりと不気味な音を立てて砕けた。ところどころに黄色く変色した太い竹がつき立っている。根元が腐って斜めにかしいだまま、かろうじて他の竹の枝にひっかかっている竹もある。頭上

は竹の葉に覆われてチラチラと光が漏れるのみで、枯れ葉の積もった地表まで届く陽射しはわずかなものだ。

明石氏は呆《あき》れて竹林を眺めている。

「大丈夫か？　本当に伐採できるのか？」

登美彦氏はしゃがみこんで、リュックから軍手とノコギリを取り出した。

「心配無用だ。計画は十分に練られてある」

登美彦氏はそう言って、寝ないで考えた「竹林伐採に関する計画書」を得意げに読み上げた。それは以下のような数箇条から構成されていた。

一、竹林を偵察する。
二、枯れた竹を選びだして、人斬りのように切りまくる。
三、適宜《てきぎ》休憩をはさんで清談にふける。
四、倒した竹はいくつかに切り分けて、やるせない過去の想い出とともに脇へ置いとく。
五、かぐや姫を見つけたら警察へ知らせる（相性が良ければ求婚）。

「以上である！」

登美彦氏は言った。

「一から四まではともかくとして」

明石氏は呟いた。「かぐや姫、いたらええなあ。ちなみに言っておくが、俺は嫁を大事にする男だ」

そして彼らは薄暗い竹林の奥へ踏みこんでいった。

小さなノコギリを握って雄々しく竹林へ立ち向かう彼らの勇姿は、荒れた竹藪をうろつく二人組の不審者のように見えたという。

「竹林整備初戦」

妄想作家森見登美彦氏は、作家として行き詰まった場合の布石として「多角的経営」を志し、竹林経営へ進出してみることにした。まずは竹林の手入れに習熟しなければならないと考えた彼は、同僚の鍵屋さんから自宅の竹林を刈る許しを得た。十一月某日、真摯《しんし》に法律を学びながら日々ハイスペックな人間たらんと志す友人「明石氏」を連れて竹林を訪ねようとしたが、その道程は困難を極め、大半の時間は鍵屋家にておいしいケーキをもぐもぐ喰うことに費やされた。

果たして登美彦氏は「ひ弱な甘党」という汚名を返上し、鍵屋家の竹林に会心の一撃を加えることができるのか？ 洛西の竹林に、登美彦氏の人生に、救いの光は射しこむのか？ そして、竹を刈る刈ると言いながらいっこうに刈らないこの連載は大丈夫か？

○

森見登美彦氏は竹林の真ん中に立っていた。

その竹林はただでさえ静かな桂の町はずれにあるので、あたりはひっそりとしている。仁王立ちする登美彦氏は日頃の刻苦勉励《こっくべんれい》のため痩せ細り、まるでスックと立つ一本の竹に見え、竹林と一体化しようとしているかのようであった。

登美彦氏はホームセンターで買ったノコギリを握りしめたまま、ほとんど身動きもしなかった。深い感動が登美彦氏の胸中に湧いてきた。なぜならば、己で手入れをして理想の竹林を作るということは、氏の心をとらえて放さぬ夢だったからだ。

今ようやく、登美彦氏は竹林を自由に刈る権利を得た。

しかし、それは過酷な作業となるだろう。

洛西の竹林へ通っては、奴隷のごとく黙々とノコギリを振るい、切り倒しては積み、切り倒しては積むだけの日々。誰からも称賛されない、孤独な営みが続くであろう。竹林伐採は人生と同じである。彼の前に道はなく、彼の後ろに道ができる。

「だがいずれ、この努力が報われる栄光の日がやってくるだろう」

登美彦氏は夢想する。

竹林は美しく整備され、タケノコはにょきにょき生える。豪華な門松をならべて、登美彦氏が完成記者会見を開くと、群れ集う報道陣がフラッシュをたく。見よ、竹林整備という過酷な作業を戦い抜いた彼の肉体を。道行く誰もが振り返るほどムキムキだ。二の腕一本に美女をぶら下げて白い歯を見せて笑う登美彦氏の写真が、筋肉専門誌の表紙を飾るだろう。そして一躍筋肉作家となった登美彦氏は筆名を「マッスル・トミー」に変え、筋肉小説をたくさんの雑誌に連載し、筋肉仲間たちとたがいの筋肉を讃《たた》え合い、キーボードを叩くのがやっとの筋肉しかなかったあの頃、なにもかもが光り輝いて見えたあの頃のことを忘れ果て、旧友と会っても「年収と筋肉」の話しかできない男になる。

そんなある日、ゴージャスな美女を二の腕にぶら下げて道を歩いていた登美彦氏は、通りかかった竹林の前でふと足を止める。彼女は登美彦氏の逞《たくま》しい腕にぶら下がりながら無邪気に見上げる。「どうしたの、トミー？　あなたの上腕二頭筋が震えているワ」

「いや、なんでもない。ただ――」

登美彦氏は竹林のざわめきに耳を澄ませる。

「ただ、ずいぶん遠くに来たなと思っただけさ」

そこまでの長い日々を思い描き、登美彦氏は呟いた。

「面倒くさい！」

さらに呟いた。「しかも途中から竹林関係ない！」

明石氏が登美彦氏のかたわらでノコギリを素振りしながら、「妄想はそのぐらいにすればどうだ」と言った。「とりあえず、早く刈ろうぜ」

○

「この黄色くなってる竹は枯れているのか？」

明石氏が竹の幹をぐいぐい押しながら言った。

登美彦氏が見上げてみると、その竹は一枚も葉を持っていない。つまり光合成をおこなわず、ただボンヤリとそこに立っているのである。引退していただいてもよい頃合いだ。

「こういうやつをぜんぶ刈ってしまおう。そして光を入れよう」

「よし」

しかし、枯れたりとはいえ、竹はカタかった。カタい竹に対するに、登美彦氏と明石氏の筋肉は赤ん坊のほっぺたのように柔らかかった。机上の空論と司法試験勉強にそれぞれ特化した彼らの二の腕においては、もはや上腕二頭筋の行方は杳《よう》として知れなかった。

当初の計画では、めいめいが縦横無尽にノコギリをふるって竹を切り倒し、ときおり休憩を挟んで清談にふけるということになっていた。しかし一対一の勝負ではとうてい竹にかなわない。彼らは二人がかりで一本の竹に躍りかかり、ウンウン言って揺さぶった。その光景は、弱いダビデ二人vs.むやみにカタいゴリアテ、という印象であった。

「竹はなにゆえカタいのか。それはリグニンのせいだ」

登美彦氏は竹をがむしゃらに揺すりながら、大学時代に得た知識をひけらかした。

「木がカタいのも、竹がカタいのも、みんなリグニンのせいだ。執筆が進まないのも、この原稿が締切ギリギリになっているのも、みんなリグニンのせいだ」

「リグニン、おそるべし！」

「リグニンに勝てる者がいるとすれば、微生物だな。あと、忘れてならんのはシロアリだ」

「自然の力、おそるべし！」

慣れない作業に苦しむ二人を、さらにさまざまな困難が襲った。

一つ目の敵は藪蚊《やぶか》である。十一月に入ったというのに、その頑健な藪蚊は登美彦氏たちの周囲を飛び交って邪魔をした。藪蚊が耳もとにやってくるたびに、彼らは「蚊が来た！　蚊が来た！」と叫び、ノコギリを放り出して戦線離脱した。なにしろ彼らはシティボーイである。虫はだめですよ。

二つ目の敵はタケノコの不気味な残骸である。明石氏は黒々としたタケノコの残骸を見つけるたびに、「なにこれ！　なにこれ！」と叫び、「気色悪い！」と叫んだ。明石氏は竹林に立ち入るのも生まれて初めてのシティボーイであったから、何を見つけても驚くのである。

三つ目の敵は、竹の幹にこびりついた白い粉である。明石氏はシティボーイなので、竹の幹にぶつかるたびにはらはらと落ちて家庭教師風ジャケットへまとわりつくこの粉を忌み嫌った。「何なんだ、この粉は。何のためにあるんだ。ふざけるな！」

とにかくそういう困難があったのだ。

そして竹はカタい。汗が彼らの頬を伝った。

おいしいケーキで英気を養ったはずの登美彦氏たちは、はやばやとやる気を失ってきた。「いいんだ、もう」と登美彦氏は座りこんで呟いた。あげくには「これは連載のネタのためにしているんだからな。どうせ刈れなくたっていいんだ。いくらでも書きようはあるんだ」と楽屋裏を天下に暴露して恬然《てんぜん》としていた。「竹林まで来ることに意義があるのだ。参加することに意義がある！」

明石氏はペットボトルのウーロン茶を飲みながら、隣の竹林を眺めた。

「あちらの竹林は美しいな」と呟いた。「こちらとぜんぜん違う」

「理想的竹林だ。おそらく竹林経営の達人の仕事だろう」

たしかに、林道をはさんで隣り合う竹林は整然としていた。

まばらに生えた竹の間には陽光がさんさんと降り注ぎ、竹の幹をぽかぽかと叩きながら美女と追い駆けっこさえできるだろう。対するこちらは、鬱蒼と茂った竹が陽光を遮り、美女と追い駆けっこをすれば彼女も自分も竹にぶち当たって目を回すのは必定、さらにそこで行われる一切が犯罪以外の何ものにも見えないという過酷な環境である。

「美女と追い駆けっこもできやせん！」

登美彦氏は決意した——隣の竹林に負けまい、と。

あちらの竹林経営者が「どうせワシの竹林にかなう竹林はなかろうて。うふふ」と現在の地位に安住しているところへ、我らが痛烈な一撃を加えるのだ。日に日に美しくなっていくこちらの竹林に気づいたとき、敵は動転するだろう。そして呟く。

「なんということだ、隣は若い衆を動員したぞ！」

今ここに幕が上がる、古今未曾有《みぞう》の竹林整備頂上決戦。双方竹林整備に血道を上げ、竹林の境界線では若い衆たちがタケノコや門松を投げつけあって血で血を洗う縄張り抗争が繰り広げられる。これはもはや男の戦いだ。

登美彦氏は雄々しく立ち上がり、明石氏を叱咤した。

叱咤された明石氏はムッとした。

そしてふたたび竹を刈る作業へ取りかかったが、イヤになって放り出したノコギリの行方が分からなくなってしまった。せっかく盛り上がったやる気が、瞬く間に雲散霧消した。登美彦氏と明石氏はうろうろと竹林の中を歩きまわってノコギリを探した。

○

思いのほか竹林が手強《てごわ》いと分かったので、登美彦氏と明石氏のやる気はなかなか戻らなかった。おおかたの予想通り、打たれ弱い男たちなのである。竹を刈る作業に混じる猥談の割合が増してきた。薄暗い竹林の奥で、清談ならぬ猥談にふける——見るも無惨なていたらくである。

そろそろ猥談を打ち切るべきであろうと登美彦氏は考えた。

「最近、どんな女性が気になるかね？」

明石氏は「『磯山《いそやま》さやか』がいい」と呟いた。

登美彦氏は磯山さやかが誰なのか知らなかったので、会話は盛り上がりに欠けた。登美彦氏にとって、竹林のアイドルといえば「かぐや姫」であった。ほかにいるはずがない。

「かぐや姫かぐや姫」と登美彦氏は言った。

「かぐや姫、おらんね」と明石氏は言った。

「かぐや姫を切ってしまわないように、くれぐれも気をつけろ。血みどろはごめんです」

「待て。こんな枯れた竹を刈ってもダメだ。もしかぐや姫が中にいたとしても、竹が枯れるまで居座っていたらバアさんではないか」

「そうなると、対応に苦慮しますなあ」

「もっと若々しい青い竹を刈ろうぜ。できれば、かぐや姫は同世代で願いたい」

明石氏はかぐや姫とのデートコースをたわむれに組み立ててみたりするのであった。彼はなにしろ一度は立派に社会人として活動した男だ。持ち前の探求心を発揮して、二年間徹底して研鑽を重ねた成果である。一時期の彼を「歩く『関西Walker』」と呼ぶ人もあったという。言うまでもなく、彼はやればできる男であった。ただ、やらないだけなのである。

「晩飯は『ブルース&焼き肉　へんこつ』だな。錦市場《にしきいちば》のそばにある」

「なぜブルースと焼き肉なんだ？」

「それは誰にも分からない」

「では竹林伐採後は、ブルースと焼き肉の関係について調べよう」

二人はそんなふうに猥褻《わいせつ》と非猥褻のあいだを自在に往還した。

そこへがさがさと足音がして、四人の人物が姿を現した。鍵屋家の竹林視察団——登美彦氏の同僚の鍵屋さん、その御母堂と御尊父、そして鍵屋さんの友人たる酢牡蠣さんである。登美彦氏たちがきっちり「デキる男」であるかどうかを調べに来たのであろう。

登美彦氏と明石氏は慌てて、「どうもー」などと言い、あたかも自分たちがバリバリ働いていたかのように、わざとらしく汗を拭ってみせたりした。

御母堂はシティボーイたちが藪蚊に苦しんでいるであろうことを的確に見抜いており、蚊取り線香を持ってきてくれた。登美彦氏はありがたく受け取った。

さらに登美彦氏は御尊父と竹林の整備方法について意見を交わす。

「当面は、この枯れた竹を切っていこうと思います。しかし、刈った竹をどうするか悩みどころで」

「そこらへんに積んでおいてもらえばいいですよ」

彼らの仕事ぶりを確認してから、鍵屋家視察団は去っていった。

視察団の登場によって、ようやく男たちのエンジンは真面目に動き始めた。

「竹を刈る」と宣言しておきながらエエカゲンな仕事をして帰れば、自分たちの無能を証明するようなものである。

「そんなことは断じて許されない」

彼らは呟いた。

登美彦氏も明石氏もプライドだけは高かった。たとえ明石氏が司法試験に合格しても、登美彦氏が机上で自己正当化しても、「竹林を刈ることができなかった」という事実は厳然として残る。それは彼らの後半生に暗い影を落とすであろう。

明石氏は、御尊父を『美味《おい》しんぼ』の海原雄山《かいばらゆうざん》にたとえた。

海原雄山（＝御尊父）は、遅々として進まない竹林整備の様子を眺めている。立派な和服姿で腕組みをして、髪型は派手だ。彼はクワッと恐ろしい顔をして竹林の奥を睨む。「口では大きなことを言いながら何の役にも立たない連中だ！　これだからシティボーイは！」

「それは沽券にかかわるな」

「いかにも仕事をした、と見せかける必要がある」と明石氏が現実的な提案をした。「林道に面している竹を一本でも多く切り倒しておいたほうが、視察団の目を誤魔化すには効果的なんじゃないか？」

表面をとりつくろって面目をたもつため、彼らは林道に面した竹を集中して刈ることにした。

「竹を刈らせてください」

そう頼んだ時点で、彼らは引き返し不能であったのだ。その「もう引き返せない」という感覚は、大学四回生の頃に、二人で無謀にも琵琶湖一周を企て、琵琶湖の北の果てに辿り着いたときの感覚に似ていた。行くも地獄、帰るも地獄。

明石氏は家庭教師風のジャケットを鮮やかに脱ぎ捨てた。

なぜか楽しそうであった。

「お楽しみはこれからだ」

地表に近いところでは、竹には枝がほとんどない。竹林が異様に静謐《せいひつ》で神秘的な印象を与えるのはそのためである。竹が枝を伸ばして葉を茂らせるのは、はるか上だ。

○

「いかにほかの植物たちを出し抜いて、日光をぶんどるか」

その目的を徹底的に追求し、これ以上の進化の余地を思いつかないほどに完成された植物が竹である。呆れるほどの生長の早さも、構造も、文句なしである。かくして竹は「勝ち組」となる。竹林の中には、ほかの植物はほとんど生えることができない。

生い茂る枝は、竹を切り倒す作業を困難にする。

たとえば一本の竹を根もとで切断したとしよう。

それでも竹は倒れてくれない。てっぺんに生い茂っている枝が、ほかの竹の枝とからまってしまうからだ。超癖毛の人と超癖毛の人が頭突きをし合ったようなものである。二人がかりで竹を抱えて、綱引きをするようにウンウンと引っ張ってみても、なかなか意のままにならない。からまっている枝は遥か頭上にあるから、切ってほどくわけにもいかない。一本の竹を切り倒すのに、たいへんな労力がいる。

ウンウン唸っているうちに、はやばやと夕闇が垂れこめてきた。

まだ陽は沈んでいなかったが、竹藪の中はもはや暗い。自分たちの刈るべき竹が見えない。さらには、闇の奥から、なにか怖いものが出てきそうである。

それでも登美彦氏たちは竹を刈り続ける。

「なにゆえ竹を切るのか？」

「そこに竹があるからだ」

洛西の竹林に夜明けをもたらすため、己の新境地を切り開くため、有能ぶりを証明するため、履歴書に「竹林経営」と書けるようになるため、彼らは努力したが、やがて限界点がやってきた。

登美彦氏はノコギリを放りだした。「今日はここまで！」

明石氏は「意外に進まんなあ」と無念そうに言った。

わずか十数本の竹を切っただけで、その日の彼らの戦いは終わった。

たしかにおいしいケーキに気を取られたということはあるけれども、一人前の男としては、あまりにも不甲斐ない結果である。登美彦氏は夕陽の射す林道に立って、ちっとも様相を変えていない、手強い竹林を見た。自分たちの軟弱さを眼前に突きつけられる思いがして、登美彦氏は泣けてきた。

「涙とともに竹を切った人間でなければ、人生の味は分からない」

登美彦氏は言った。

「このままではすまさんぞ。I shall return!」

○

鍵屋家の玄関先に蚊取り線香をソッと置いてから、登美彦氏と明石氏は桂をあとにした。ぐったりと疲れていた。四条河原町へ帰るための腹ごしらえとして、彼らは桂駅の阪急蕎麦を食べた。登美彦氏は月見蕎麦、明石氏はきのこ蕎麦であった。

錦市場のそば、「ブルース&焼き肉　へんこつ」。

彼らは肉を喰い、麦酒と梅酒を飲んだ。

店内にはブルースは流れておらず、ブルースと焼き肉の関係は謎のままであった。彼らはそれでもタンパク質を補給し、「これで筋肉ムキムキだ」と言い合った。「道行く人が振り返る！」

京阪四条で彼らは別れた。「長寿と繁栄を！」と明石氏は大阪へ帰った。それを見送ってから、登美彦氏は出町柳《でまちやなぎ》へ帰った。

二日後、彼らの肉体を恐ろしい筋肉痛が襲う。

竹林整備にまつわる真の恐怖とは、すなわちこれである。

「机上の竹林」

その日は朝から不吉な曇天であった。

登美彦氏が「竹を切る切る」「カリスマ竹林経営者」と妙なことばかり言っているので、編集者の大口《おおぐち》氏と鱸《すずき》氏が視察のために京都へやって来た。阪急桂駅にて落ち合った彼らは、登美彦氏が手入れをしている、と威張れるほどには手入れしていない竹林へ乗りこんだ。

薄暗い荒れた竹林を、彼らはがさがさと歩いた。

大口氏は「雑誌に使いますから」と言って、竹林の写真を撮った。大の男二人がかりで十本ほど竹を切ってみせた、と登美彦氏が先日の戦績を誇ると、鱸氏は「その調子では、何年かかるか分かりませんよ」と的確な指摘をした。「そもそも、竹を切っているだけで文章が書けるんですか？」

「さあ、それは私の問題ではないから……」

「いや、森見さんの問題でしょう！」

「一概にそうともいえない」

そう言って登美彦氏はぽかんとしている。彼がなんの計画もなく連載へ挑もうとしていることを危うく思って、鱸氏は代わりにあれこれ企《たくら》みをめぐらせるのであった。

「竹を使っていろいろなものを作るのはどうでしょう。たとえば、門松を作るとか」

「なるほど！　それはまた、たいそう億劫《おっくう》ですねえ」

「作ったことがありますけど、あんがいカンタンにできるもんですよ。鍵屋さんのお宅へ差し上げては？」

「なるべくやりたくないなあ。鍵屋さんにも嫌がられそうだし」

「それならば、尺八を作って演奏会をするとか」

「お！　森見家の先祖は江戸時代、尺八の達人だったそうですよ」

「ちょうどいいじゃないですか！　ではこれでいきましょう」

「鱸さん、尺八をなめてはいけません。あれを吹くには何年ものキビシイ修業が必要なのです。好きにボエボエやってればいいというものではない。キビシイ修業をするつもりはございません」

「竹馬を作って遊ぶというのはどうです？」

「私は高所恐怖症です。竹馬は高すぎる」

「竹とんぼでは？」

「私は不器用です。小刀はきらい」

登美彦氏は傲然《ごうぜん》としている。

鱸氏は思案にくれる。

曇った空からは雨が降りだす。

彼らはやむを得ず、竹林を刈ることもなく引き上げることにした。

阪急電車で四条へ戻ると、紅葉目当ての観光客が雨で行き場を失って街へ流れこんだらしく、たいへんな混雑である。錦市場の人気ぶりときたらお話にならない。

彼らは錦の雑踏を抜けていったが、ようやく一軒の喫茶店を見つけたので、打ち合わせをすることにした。町屋を改築したような店である。「こちらへどうぞ」と先に立つ店員に、狭い階段をどんどん上らされたあげく、黒々と横切る大きな梁《はり》が客人の脳天をおびやかす秘密の屋根裏へ押しこめられた。

小さなテーブルをかこんであぐらをかき、三人の男は狭苦しさと蒸し暑さにふうふう言いながら睨み合った。階下から大音量で流れてくるアニメ「魔女の宅急便」のBGMに耳を澄ませた。

「なぜ我々がこんな目に」と鱸氏が言った。「これが一見《いちげん》さんに対する仕打ちですか？」

「悪いことばかりではない。屋根裏にかくまわれている維新の志士ごっこができます。土佐の森見登美彦じゃ！　新撰組がマジで怖いぜよ！」

「『ぜよ』をつければそれで済むと思っていませんか？　それは甘い考えですよ」

「京都は奥が深いですねえ」と大口氏が前向きに感心した。「歴史を感じますねえ」

冷やし珈琲と抹茶ケーキが運び上げられてきた。

彼らは梁に脳天をぶつけないように背を丸めて食べる。

「サイン会は盛況で？」

大口氏が尋ねた。

登美彦氏は、河原町BALのジュンク堂にて、『きつねのはなし』刊行記念として生涯で二度目のサイン会を行ったばかりであった。集まってくれた読者を、狐のお面をつけた関係者が威嚇する、たいそう薄気味の悪いサイン会であったという。

登美彦氏は珈琲をすすりながらブツブツ言う。「私のサインなんぞ……お腹《なか》の足しになるわけじゃなし」

「サインとは基本的にそういうものだと思いますが？」

「しかし狐の面は面白かったですよ。つけさせられた書店員の方々は迷惑だったかもしれないけれども。あのサイン会を荒れた竹林でやったら、さぞかし不気味だったと思う。『きつねのはなし』の中にも竹林を出しましたからね。標題紙《ひょうだいし》にちゃんと竹林の絵が描いてあるんですから。あれは嬉しかったなあ」

「そうでしたか」

「主人公がアルバイトをしている古道具屋の客に、天城《あまぎ》という男が出てくる。その男が鷺森《さぎのもり》神社のそばの古い屋敷に住んでいるんですが、その屋敷の裏手に竹林が茂っているんですよ。竹林を背負った屋敷というだけで、いいですね」

「いつか、そういうお屋敷に住むというのはどうですか？」

「いいかもしれない。竹林のざわざわする音に神経をかき乱されたりしたい。そして訪ねてくれる編集者の方々をからくり仕掛けで驚かせたり、不気味な昆虫料理を食べさせたりして遊んでいると、ついには誰も訪ねてくれなくなるでしょう。荒廃した屋敷の奥底で、目に見えない美しい妻と和やかに語らいながら、レゴブロックで青い壁を延々と作り続ける日々。そして、だんだん竹林が屋敷を侵食し始め、ついには……あれ、なんの話でしたっけ」

「サイン会が盛況だったというお話ですよ。花開きましたね。良かったですねえ」

「ううむ」

「なぜしょんぼりするんです？　もっと得意になればいいじゃないですか」

「あれが人生の頂点かもしれない。一斉に花開いた後は、もう枯れるのみです。ご存じですか、竹林は何十年に一回だけ花を咲かせて、そのあとでみんな枯れるんですよ。竹も人間も同じであろう」

「なにもそんなところで竹をまねることはないでしょうが」

鱸氏が言った。「困ったヒトだなあ」

「でも、なぜ一斉に花が咲くんですかねえ」と大口氏は首をかしげる。「不思議ですね」

「根っこでつながっているからですよ。竹は根で増えます。人間だったら父親と母親の遺伝子が子どもを作るときにシャッフルされて新しいものができるけど、竹はそういうことをしないのです。根を伸ばして、べつのところからヌッと分身が生える。これ、タケノコですね」

「あれ？　じゃあ、竹林はぜんぶ一つの生き物ですか？」

「根がつながっているかぎりは、そうです。だから誰かが花を咲かせると、みんな咲かせる」

「そう考えると竹林というものは淋しくて不気味ですねえ」

「それで楽しいんですかね？」と鱸氏が言う。「己のまわりには見渡すかぎり乱立する己だけですよ……ちょっと気が狂いそうだな。出逢いもないなんてね。遺伝子混ぜても良かろうに！」

そこで登美彦氏はふいに「出逢いといえば」と言って珈琲をすすった。

「職場の恩田《おんだ》さんと桃木《ももき》さんという先輩が、もうすぐ結婚式を挙げるんですが、その二次会の幹事をしなくてはならないんですよ」

「おめでたいことです」

「なんだか、みなさんが次々と結婚していく。勝手に幸せになるがいい」

「ははあ。森見さんは結婚のご予定は」

「予定はいろいろ立てました」

登美彦氏は得意げに予定を語りだした。

それは予定ではなく、あるテレビCMを土台にした妄想であった。

「たとえば仕事が早めに終わった日、職場から電車に揺られて帰ってくるでしょう。駅前に出たら、花屋でアルバイトしている女性がふと目に入る。あ、妻だ！　と思うわけです。それでも彼女は仕事中だから声はかけない。働いている妻を遠くからふと見る、これがいいんです。そうして一足先にマンションへ帰って、抜群に美味しい焼き茄子を作って、ベランダから夕陽で桃色に染まっていく空を眺めながら麦酒を飲んで妻を待つ。マンションの下の通りには仕事帰りの人々が歩いている。それを眺めながら、『俺はもう帰宅して悠々と麦酒を飲んでいるぜ、しかももうすぐ花屋で働いていた妻が帰ってくるぜ』と思う、これがいいんです。やがて妻が帰ってくるので、『君もどう？』と妻に麦酒を勧める。二人でベランダにならんで、暮れていく空を眺めながら、麦酒を飲む。つけっぱなしになっている居間のテレビから小さな音が聞こえている。ちょうど阪神タイガースの試合をやっているところだ。そういえばなにゆえ焼き茄子と麦酒かというとですね、今年の夏に甲子園に行ったからです。そうだそうだ」

「ははあ」

「あんまり忙しかったものだから、仕事が休みの日にも、自宅に籠もって小説を書いているばかりでした。このままだと二〇〇六年夏の想い出が、御霊神社の境内で飲んだカルピスの味だけになる。だから私が『夏の想い出が欲しい夏の想い出が欲しい夏の想い出が欲しい』と廊下を歩きながらぶつぶつ言っていたら、上司が『夏の想い出に』と言って甲子園に誘ってくれたのです。竹林の持ち主である同僚の鍵屋さんも一緒ですよ。お二人とも、たいへんな阪神タイガースファンで。モノは試しだと思って行ってみたのです。まあ私は試合には興味がなかったのだけれども、でも夕方から夜にかけての甲子園のスタンドは、『これぞ夏』という感じでたいへん良かった。広くて、夕風が吹き渡って。焼き茄子と麦酒も美味しかった。からあげも美味しかった。ああいうのは良い。でも困ったのは風船ですね」

「風船？　風船がどうしたんです」

「試合の後半にブワッとみんなで飛ばすでしょう。あの行事は楽しいと思うんだけど、そのためには自分で風船をふくらませて準備しなくてはいけない。これが億劫きわまりない。しかもいくらぷうぷう吹いても、ちんまりとしかふくらまない。やけにカタいんですよ。おかしいんじゃないか？　この風船は壊れてるんじゃないか？　と思ったら、となりにいる上司も鍵屋さんも人間ポンプじゃないかというぐらいぷうぷう吹いて、見たこともない馬鹿でっかいやつをこしらえて平然としてる。こちらはいくら吹いても膨らまない。まあこれでいいや、大きさは問題ではない。そう思ったんだけれども、鍵屋さんが『それじゃアカンわ』と馬鹿にする。鍵屋さんはなにかというと私を馬鹿にするのだ。チクショウと思ってやけくそになって吹いてたら、なんとか人なみの大きさにはなったけれども、頭がくらくらしてスタンドから転落するかと思いましたよ。しかし阪神タイガースファンというのはすごいですね。試合が終わったあとも、みんなずうっと六甲おろしを歌っていて帰らないのだから。なにが彼らをしてそこまでの猛虎主義者たらしめたのか、私にはぜんぜん理解できない。とりあえず人ごみを抜けて駅まで歩いて、電車に乗って鍵屋さんと帰りました。そのときに『おたくの竹林刈らせてください』とお願いしたから現に今、竹を刈っているわけですが……ええとなんの話でしたっけ」

「たしか結婚式の二次会の幹事をするという話だったと思いますが」

「そうそう、そうです。その結婚する男性の恩田さんも底の知れない阪神タイガースファンですよ。すごいものです。世界は阪神タイガースファンに充ちている。奥さんになる桃木さんは巨人ファンですが。そこらへん、いったいどうやって折り合いをつけるつもりなのか私には分かりません。そういえば恩田さんは私の大学の先輩になるんです。同じ農学部出身なので」

「ほお、じゃあ恩田さんも竹の研究を？」

「いえいえ。恩田さんは植物ではなかったですよ。メダカだったかな？」

「また変わった研究をされていたんですね。森見さんの竹というのもそうとうヘンですが」

「でも私は竹林でポカーンとするのが好きなだけであって、竹を研究したいわけではなかったのだ、ということがよく分かりました。かつて私は現実を見ないお子様であったので、竹を培養してフラスコの中に小さな竹林を作りたいと思っていたんです。それを机の上において、『机上の竹林』をやりたい。自室にいながらにしてお手軽に竹林の賢人を気取れるシステムを開発したい、それしかもう、自分が大学院において為すべき仕事はない、と。だから、大学院へ入ったときは竹の培養を少しやってみました」

「竹を培養するってどうやるんですか？」

「栄養分と植物ホルモンを混ぜた培地を滅菌して、三角フラスコとか試験管に入れます。そこへ消毒液につけて滅菌したタケノコのかけらとか、竹の芽とかをのせる。そうして温かくしておく。あとは毎日点検しつつ、変化を観察する」

「なるほど。そうすると竹がぽこぽこ分裂して増えるわけですね」

「それが増えない。ぜんぜん増えない。竹をナメてはいけません！」

登美彦氏はテーブルをドンと叩いた。登美彦氏たち一行と同じく太い梁に脳天を脅かされながら談笑していた女性客たちが怯《おび》えた顔をした。

「私がへたくそなのか、竹が気むずかしいのか分かりませんが、うんともすんとも。あれほど京都の山々を侵食し、植物のくせに環境破壊と言われるほど生命力旺盛な竹たちが、竹林からはなれてフラスコの中に入ると、うってかわって大人しくなる。

内弁慶《うちべんけい》もたいがいにしろ！　と思ったものです。しかも次から次へと茶色く変色するんだもの。もし滅菌がうまくいっていなかったら、ありとあらゆる菌が培地に生えだして、もう竹を培養してるんだか、菌を培養しているんだか分からない。菌がいっぱいになってくると、ふわふわした白い絨毯《じゅうたん》みたいになったりして、それはそれで面白かったんですが、面白いだけで卒業できたら世話はない。私は菌の研究をしていたわけではないからです」

「難しいものなんですねえ」

「やっぱり私には竹の研究はムリだと思いました。しょせんはただの竹林好き、研究室へ居候させてもらっているだけの男だと諦めた。少しは竹に詳しくなろうと思って本を買ったりもしたけれど、竹の本を読むことにはあんまり情熱が湧かないんですよ。たぶん私は竹の蘊蓄に興味がない。竹博士にもなりたくない。ただ、竹林、それだけが好きなんです。もっとも、そういえば京都の古本屋を漁《あさ》っていたときに、不思議な竹の本を買ったんですけどね。上田弘一郎《うえだこういちろう》という人の『竹と人生』という本で、昭和四十五年の発行です。上田弘一郎博士は、私のいた農学部を昭和二年に卒業した人だから、先輩というのも気が引けるほどの大先輩だ。そして上田弘一郎博士は竹の専門家として、その筋ではたいへん有名なお人らしい。タケノコの作り方とか、『竹林の経営をはじめるまえの予備知識』とか、カリスマ竹林経営者を志す人間は読まずにはおられない貴重なことがいろいろと書いてある。読まなくちゃいけないけど、まだ読んでない。ほかにも竹についての話題が満載で、『竹の生活から教わるもの』という章は、竹の生き方から学ぶ人生の知恵みたいな文章まで載っているんです。『夫婦和合のみちと紛争を解決するコツ』というところがあって、人工四角竹の作り方が延々と説明されたあとに、『すなわち自分の意のままになる相手の少ないのがこの世の常であり、このばあい、相手の心をくみとらないで無理に自分に合わせようとすると、とかくトラブルがおきてよい結果が得られない。相手の心をくみながら、自分の意志に合わせるように努めて、はじめて両者の調子が合って調和と進歩が求められるのではなかろうか』と、とてつもなく普通のことが書いてある。なにも人工四角竹の作り方を引き合いに出さなくても、と思われるでしょう？　そこに上品なユーモアがあるのだ。上田弘一郎博士はあらゆるものが、竹なのですよ。尊敬すべき人だ。ああ、ちゃんと読まなくてはならんのです。この本を読んで、洛西竹林公園に連日通えば、私も竹博士になれるかもしれない。でもやっぱり私は竹博士よりも、竹林でぐうたらしている似非《えせ》賢人の方が向いていると思うなあ。そうだ、先輩の結婚式の二次会でスピーチをやったりすることがあれば、この上田弘一郎博士の本を引用して、『夫婦和合のみち』を説くことにしよう。結婚したこともないのに堂々とアドバイスしよう。そして新郎新婦には、その頃には本になっているはずの『夜は短し歩けよ乙女』を贈ろう……そう決めた！」

「あ、あれはもうすぐ出るんですか」

「十一月の末です。そういえばあれにも竹林が出てくるんですよ。主人公の女の子が出会う妖怪のようなジジイがおってですね、彼が三階建ての叡山《えいざん》電車という理不尽な乗り物を乗り回してブイブイ言わしているわけですが、その三階建て電車の屋上には古池があって、そのかたわらに竹林がある」

「竹林書くのがお好きですねえ」

「フラスコの中に竹林を作るのに失敗したので、せめて小説の中ぐらいには、と考えるんでしょう。これもまた机上の竹林ですよ。それにしてもあの小説を書くために一夏を使ってしまったのは辛《つら》かった……想い出がほとんど机の上にしかない……暑い昼下がりに御霊神社境内の木陰で味わったカルピスと、猛虎主義者たちが熱狂する甲子園の夜、それだけでは淋しいので、大原《おおはら》へ行くことにしたのであった、そうだった」

「なんでまた大原へ？　三千院《さんぜんいん》ですか」

「電車の中に貼ってあったポスターに、苔に埋もれて微笑《ほほえ》む『わらべ地蔵』の写真があって、それがあまりにも可愛かったからですよ。見たとたんに愛が溢《あふ》れた。これはもう撫でてみるしかない、と思った。それで出町柳駅からバスに乗りましたね。まあ、奥地とは言え、バスならばすぐに着きます。山々の緑は濃いし、夏の陽射しは眩《まぶ》しくて、田舎道を歩いていると『ああこれが俺の求めていた夏だ』と思えました。青々とした田んぼに風が吹き渡って、とてもきれいだった。でも私はちゃんと調べて行かなかったので、『わらべ地蔵』がどこにあるのか分からなくなってしまったんです。三千院というのに、三千どころか一つもお寺がない。どうやら下車するバス停を間違えたらしい。道に迷ったとはいえ夏を満喫できて上機嫌だから、ずんずん歩いていったら、埃っぽい農道のわきに風に鳴る竹林があって、そこだけひんやりとしている。竹林のとなりには古い日本家屋がある。ステッキをついたおじいさんが門の前に立ってオイデオイデをしてる。どこかで見た顔なんだけど、思い出せない。でも見覚えがある。私が首をかしげて近づいていくと、おじいさんは『よう来た、よう来た』と言ってニコニコしている。私もニコニコしてしまう。あがって初恋の味のカルピスでも飲んでいけと言われて、なんとなくなりゆきでお座敷へ通されたのだけれど、となりに竹林があるせいか、たいへん涼しくて気持ちがいいんです。夏の情緒が漂っているんですよ。縁側でおじいさんの世間話につきあいました。よくよく見てみるとおじいさんというほどの年齢でもないらしい。けれども見る角度によってはおじいさんに見える。妙な人だ。さらに妙なのは、家には彼しかいないらしいのに、つと縁側を立ってとなりの座敷へ行って、襖《ふすま》の向こうで何か喋《しゃべ》っている。それなのに喋っている相手の声は聞こえない。気配もしない。カルピスを飲んで失礼しようとしたら、いいものがあるから、と言って引きとめる。そうして、お椀に入った食べ物を出してきたんだけれども、何か節のたくさんある身体《からだ》に脚がモジャモジャくっついた虫みたいなものがゴロゴロ入っていて、気色悪くて喰えたものじゃない。私が食べるふりをしていると、またおじいさんは立ち上がってとなりの座敷へ入る。しばらく話し声がしていたけど、やがて何も聞こえなくなる。聞こえるのは竹林のざわめきばかり。それが遠くなったり近くなったり。

いくら待ってもおじいさんが戻って来ないので、となりの座敷へ行ってみたんですが、がらんとしていて何もない。和箪笥《わだんす》一つない。『どこに行ったろう』と思ってその座敷でしばらくぼんやりしていたら、さらに奥にある襖の向こうから何かサーサーサーサー音がする。じいさん、襖の向こうで包丁を研いでいるのではあるまいかと思って怖くなったけれども、まさかそんなことはあるまいと自分で自分の臆病さを嘲笑《あざわら》いました。けれども襖に手をかけたとたん、また妙な気がした。こういう座敷で、こういう仕草を、自分はこれまでにも何度も何度も繰り返していたような気がする。襖の向こうに何があるのかも分かっている。分かっているんだけれども思い出せない。エイッと襖を開けてみたら、となりの座敷は畳を突き破って生えだした竹がみっしりと埋め尽くし、天井まで突き破っている。ほとんど廃墟のようなありさま。ふいに、自分の背後に人の立っている気配がした。私は何も言わない。背後に立つ人も何も言わない。そのときに、ああそうだと背中に感じる気配で思い出したわけです。これまでにも自分は何度もこの竹林のとなりの家を訪ねて、こうして襖を開き、座敷に乱立する竹に驚いているところを、妄想にとりつかれた家主から刺されたのだ、と――」

「それでどうしたんです!?」

「どうもしません」

登美彦氏はぼんやりと言った。「だって大原なんか行きませんでしたからね」

「なんでそんな嘘をつくんですか？」

鱸氏がびっくりして言った。「そもそも、どこからどこまでが嘘ですか。ひょっとして、甲子園の話とかも、ぜんぶ嘘ですか？」

「嘘か嘘ではないか、そんなことは些細な問題です。小説執筆にかまけて大原へ行けなかったという事実を、もっと厳粛に受け止めなくてはならない。大原も未体験でなにが京都作家か！　この野郎！」

登美彦氏は悔しそうに言う。「それで机上でいろいろと妄想していたんです」

しばし沈黙がおりた。

登美彦氏がぼんやりと「そもそも、なんの話でしたっけ」と言った。

「分からなくなりましたねえ」

大口氏が言った。

登美彦氏は咳払いして気をとりなおし、「そう」と言った。「まあ、だからこういうことを書けばよいのではないかという気がするんですが。何の話をしても、けっきょくは竹林へ戻ってくるという……いわば世界の中心に竹林があるというか……世界が竹林の中にあるというか……」

「大丈夫ですか。それで続きますか?」

鱸氏が不安げに言った。

「そうですねえ」

登美彦氏は腕組みをしてあくびをした。「まあ、それは私の問題ではないですから」

「森見登美彦氏の弁明」

竹林のことはひとまずおいておき、森見登美彦氏の自己管理能力について述べる。登美彦氏は学生時代、自己管理ということについて関心がなかった。スケジュール帳すら持ったことがなかった。携帯して管理すべき予定が一つもなかったからである。予定が発生したとしても、それはたいへんまれな例なので、カレンダーに書いておけば済む。それすら忘れるとなれば、登美彦氏は正真正銘のお馬鹿さんである。

登美彦氏の目の前には、ただ広大な時間の沃野が広がるばかりであった。

彼はその何もないガランとした広がりをこよなく愛した。時間の沃野に寝ころんで、ときどきあくびをしたり、阿呆なことをぷつぷつ喋ったり、本を読み散らしているだけならば、自己管理の必要を一切感ずることなく生きてゆける。寝たいときに寝て、起きたいときに起きる。やりたくないことは全力を尽くして此《これ》を回避する。妄想だけは熱心にする。管理の手をはなれた自己はぶよぶよと肥大するばかりだが、自分が世を超越した「東山《ひがしやま》在住の仙人」のように錯覚できるのだから当人はご機嫌である。

かくして登美彦氏は、懐手《ふところで》して増長した。

「自己を管理しようなんぞ思い上がった所行だ」と言ったことがある。「そうは問屋がおろさないぞ、馬鹿め！」

「馬鹿はおまえだ」と、誰もが言う。

登美彦氏が暮らしていた四畳半王国においては、時間と才能の空費は輝かしき勲章であった。人間としての大きさが、無駄なことに注いだ時間と情熱の多寡ではかられる世界、いかに手のこんだ方法で時間を棒に振ってみせるかで人の値打ちが決まる世界、世間一般と真逆の価値観が支配する世界、どう考えても根本的に間違っているとしか思われない世界、というものが確かに存在する。そこは偉大なる馬鹿王が君臨する地であり、阿呆神へ捧げる祝詞《のりと》の声は決してやむことがなく、腕におぼえのある選りすぐりの学生たちが、日夜、非のうちどころのないフォームで時間を棒に振り続ける。

「なんだか面白そうでいいなあ」と言う人があるかもしれない。

その人は何も分かっていない。

「面白いだけで生きていけたら、なんの苦労もありませんなあ」と、高橋留美子《たかはしるみこ》著『めぞん一刻』の中で四谷《よつや》さんも言っている。筆者はこの意見に深く賛同するものである。

たしかにオモチロイことは認めるけれども、これは過酷な道である。

人間としてダメになるよ！　ホントに！

青春の一ページだとか、人間として深みが増すだとか、若気の至りだとか、そんな悠長なことを言っている場合ではないのだ。後始末にたいへん骨を折る。

学生時代に時間を浪費すればするほど、世間一般の価値観から遊離し、戻ることが難しくなる。ついに帰り道を見失った人間たちの末路は悲惨である。この道へ入るからには、生きるか死ぬかの覚悟をもたねばならない。戯れに足を踏み入れてよい道ではないのだ。ゆめゆめ疑うことなかれ。

現に登美彦氏は、四畳半王国で暮らした後遺症に今なお苦しんでいる。

あまりにも長いあいだ時間を棒に振ることに熱中していたために、大学の外へ出る頃には登美彦氏の時間に対する観念はグニャグニャになっていた。学校の時間割りに束縛されて生きる小学生にすら太刀打ちできない。効率のよいスケジュールの立て方も分からない。「明日やれることは明日でいい」という先延ばしの悪癖が、おでんの出汁《だし》のように魂の奥まで染みこんでいる。こんなことでは立派な大人と言えやしない。大学時代からコンパだのアルバイトだの講義だのと、スケジュール管理に余念のなかった人間たちはとっくにデキる若手になっているに違いないのである。

「これではいかん」

部屋の片隅でぼーっと三角座りしていた登美彦氏も、さすがに慌てだした。

登美彦氏は勤めのかたわら、文章を書いて売る商売をしている。登美彦氏には時間の観念がないうえに、文章を一気呵成に書くということができず粘土みたいにこねくりまわすから、自分がその文章を書くのにどれぐらいの時間がかかるか、見積もりを誤ることがしばしばである。

まず計画を立てるとき、登美彦氏は以下のように考える。

「お仕事Aは○月×日までに完成する。そうすると○月△日は時間が空くから、意気揚々と竹林へ出かけて、『竹林経営者』として辣腕をふるえるというものだ。洛西の竹林は、もはや余の足下にひれ伏したも同然である。万歳！　その次のお仕事Bは○月□日までに完成させればよいのだから平気の平左である。問題があろうはずがない。だからお仕事Bも引き受けよう。そうしよう！」

こんな風にいけば何の問題もない。

だが現実は、こうだ――お仕事Aが○月×日までに完成しない。

そこから、登美彦氏と竹林の悲劇的別離は始まるのである。

お仕事Aが完成しないのだから、「○月△日は竹林を刈るどころではないよアンタ、なに言ってんの、阿呆じゃない？」ということになる。すがすがしく晴れた絶好の竹林日和だというのに、登美彦氏は地下の書斎に閉じこもり、机の前を行ったり来たりして、ああでもないこうでもないとやっている。首をひねる。ご飯を食べない。バルザックみたいに珈琲ばかり飲む。煙草を吸う。「もちぐま」（登美彦氏と同居するぬいぐるみ）にコブラツイストをかけようとする。ノコギリを取り出して素振りし、机上の竹林を刈ってみる。竹林への熱い想いに胸を焦がすばかりで、外出もできずに一日が終わっていく。

だが、○月△日中にお仕事Aが終わればまだよいのだ。それでも終わらないことがしばしばある。そうするとお仕事Bになかなか取りかかれない。当然の帰結として、お仕事Bが○月□日までに完成しないのは言うまでもない。そこからまた、新たな悲劇の幕が上がる（ふりだしに戻る）。

万が一、登美彦氏が奇跡的な力を発揮して予定通りに文章を書き終えたとしても、竹林を刈って然《しか》るべき○月△日に、本屋さんをめぐってご挨拶したり、東京へ出かけたり、何かインタビューにやって来た人にしどろもどろで喋る予定が入っていることもある。風邪をひいて倒れることもある。この場合もやはり竹林を刈るどころではなくなってしまう。

登美彦氏が顧みない洛西の竹林は、荒れる一方である。京都の環境はますます破壊され、同僚の鍵屋さんには「ぜんぜん竹刈ってないでしょう、なんやそれ」と言われ、登美彦氏は無念の思いを噛みしめながら煙草をふかし続ける。登美彦氏はスケジュール帳をつけるようになり、己を管理しようと努力したが、その努力は文房具熱を誘発し、文房具屋めぐりに時間を奪われるようになって、かえって可処分時間は減少の一途を辿った。

この悲劇の連鎖をいかにして断ち切ればよいか分からない。

登美彦氏は途方に暮れる。

「仕事を引き受けるときには、なんとかできそうな気がするのである、あくまでもボンヤリと」

世に出てみて、初めて登美彦氏は時間の大切さを思い知った。

登美彦氏には不思議でならないという――かつてあれほど華麗に棒に振り続けていた時間はいったいどこへ蒸発したのか？　あのいつ果てるとも知れなかった夏休みが、なぜイキナリ三日になるのか？

人間にとって、大切なものはたくさんある。お金、愛、友情、心地よい眠り、楽しい想い出、美女、竹林、そしてなによりも時間である。時間こそは一切の母、お金も愛も友情も心地よい眠りも楽しい想い出も美女も竹林も、一切は時間によって育まれる。

かくして、この長い前置きは、竹林のことへ戻ってくる。

ようするに、竹林を刈っている暇がないのである。

竹林を刈りに行けないことが、登美彦氏の繊細な心を圧迫した。

夜に寝床でごろごろしていると、ふいに登美彦氏の心臓の鼓動が速くなる。どうしても竹林を刈らねばならぬという精神的重圧が彼を追いつめているのだ。髪の生え際が若干後退した印象があるのも、竹林を刈れないことが影響しているのは明らかである。

「ああしまった！　竹林を刈るなんて言わなければよかった！　竹林経営などというものは片手間にできるものではなかった！　俺ごときの手に負えるものではなかった！」

登美彦氏は早くも後悔し、布団の中でうごうごする。

ウトウトすると、鍵屋さんの御尊父が登場する。

御尊父は広い座敷の奥に正座している。堂々たる和服姿である。腕組みをして目をつむっている。庭から入ってくる光で、座敷の畳が濡れたように光っている。登美彦氏は座敷の片隅に平伏してちぢこまっている。歯ごたえのあるケーキが登美彦氏の前に置かれてあるが、それを食べる心の余裕はすでにない。

「竹林の手入れはもうかなり進んだことであろうな？」

御尊父が目をつむったまま言う。「おまえにまかせて、もうずいぶんになるのだからな」

登美彦氏は平伏したまま、「それがその」と呟く。「まことに申し訳ない次第でございますが、何やかにやと時間を取られ、なかなか竹林へ行けずにおりまして、しかも小生はたいへん非力なものですから、一本切るのも大仕事で……」

「非力なのは分かっている。そんなことが言い訳になるものかね」

「はは！　ごもっともです！」

「非力であればこそ、なおいっそうの努力をする。そういうものではないのか？」

「しかしながら時間が……」

「いったい何をそんなに忙しがっているのか」

登美彦氏は咳払いをして背筋を伸ばした。

「十一月はまず某雑誌に書く短編のことを考えなければならなかったのですが、これが難航いたしまして。だいたい私はお話を作るのがへたくそで、いつも七転八倒の末にようやくこね上げて、書き始めるとまた悩んで書き直して、また方針を変えて、と頭を悩ませることがしばしばであります。それでたいへん時間がかかる。そのうえに風邪をひきまして全身が怠《だる》く、バス停まで走るのが面倒でバスに乗り遅れたら十五分も寒風の中で待つ羽目になりました。さらに熱をおして新聞の取材を受け、それがいっそう風邪を悪くして、ついには三十八度の熱を出して寝こんでしまい、小説を書くどころではなくなってしまったのです。うどんと葛根湯《かっこんとう》と栄養ドリンク、野菜ジュース、フルーツヨーグルトなどを摂取して、じっと寝ているしかない。これはやはり神様が私に『少しは休め』と仰《おっしゃ》っているのだと寝床の中で考えて、神様の仰ることだからしかたがないと諦めました。私はキリスト教徒ではありませんが、しかし、神様の仰ることを平然と無視するような男でもないのですから」

「だが、風邪はすぐ治ったのだろう。インフルエンザではあるまいし」

「たしかに風邪はすぐ治りました。しかし風邪のせいで、某雑誌に書く短編が行き詰まり、なかなかもとの調子へ戻れない。どうしようどうしようと悩んでいるところへ、小説宝石という雑誌の『美女と竹林』という連載の第一回締切が迫って参りました。これがまた、たいへん難渋しました」

「それはいったいどういう内容の連載なのか、説明したまえ」

「ありていに言えば、私が竹を刈りつつ、竹林にまつわる想い出のあれこれを書いてゆくという、エッセイと言うのも後ろめたい、じつは嘘八百を織り交ぜたヘンテコな文章なのです。そんなものを書くのは生まれて初めてのことですから、どのように書けばよいのか見当がつかず、悩んでいるうちにまた竹林を刈りにゆく時間がなくなったという次第です」

御尊父はふと眉をひそめた。

「それはおかしいのではないか？　竹林を刈ることを書く文章のために、竹林を刈る時間がなくなるというのは本末転倒ではないのか？」

「たしかにおかしいのですが、しかし現にそうなのです。こんな厄介なことになるとは思わなんだ」

「だが、それもそう長い文章ではあるまい。書き終えれば竹林を刈ることができるだろう」

「それがそうはいかない。私が文章をこねくりまわして悩んでいるうちに、雑誌の取材が来る。それが済んだと思えば、こんどは職場の先輩お二人が結婚するということになりました。新郎の恩田氏は私が就職して以来、毎日毎日、売れっ子ではない私に『売れっ子、売れっ子』と言い続けて勇気づけてくださった人であり、また新婦の桃木さんは私が就職して以来、仕事について、手取り足取り指導してくださった人であります。このお二人が結婚するということになれば、私もお手伝いをしないわけにはいかない。お祝いの席ではできたてホヤホヤの拙著『夜は短し歩けよ乙女』も贈らなければならない。そういうわけで結婚式の二次会の幹事をするということになったのです」

「それはまあ、やむを得まいな」

「おかげさまで二次会は成功しました。まことに盛況、まことに愉快。新郎はご立派、新婦はお綺麗。まあ、新婦の美しさたるや筆舌に尽くせるものではありません。そして結婚式にはつきものの新郎新婦の人生を振り返るＤＶＤもたいへん感動的で、思わず隅でもらい泣きしました。たいへん良い二次会でありました。私も幹事として頑張った甲斐があるというものです」

登美彦氏はぐいと胸を張った。「とはいえ、私がやったのは受付だけですが」

「なんだ。受付だけならば、当日座ってるだけでよいではないか？」

「それはそうなのですが……お忘れですか。まだ『美女と竹林』の第一回が書き終わっていないのです。だから二次会が終わるやいなや、机へ向かうことになる。そしてそれが書き上がって」

「ようやく竹林を刈るわけだな」

「そうはいかない。ふいにパソコンが壊れまして、うんともすんとも言わなくなったのです。これでは何も仕事ができない。これを復活させるために半日を費やしました。もう少しで憤死するところです」

「憤死はそういう意味で使うものかね？……まあ、いい。それで今度こそ竹林へ行くのだな？」

「それもできない。お忘れですか、某雑誌に書く小説のことで私が悩んでいたでしょう。『宵山《よいやま》姉妹』という題名をつけて、本格的に書き始めた。もう時間がぜんぜんないので、腹案もかたまらぬうちに書きだした。そうするとまた書き悩む。苦しむ。どうすればいいのか分からない。逃亡したくなる。そこへ編集者の人から電話がかかってくると、『もうだめかもしれない、もう涸《か》れたかもしれない』と二時間ぐらい弱音を吐く。これでまた時間を取られる」

「それはおかしい。その言い草はおかしい」

「しかしそういう時間もまた必要です。弱音の一つも吐けないのでは、私があまりに可哀相だ。腹がふくれるばかりで、そのうちパチンとはじけてしまう。かつては桃木さんに弱音を吐いて慰めてもらっていたものですが、もはや彼女も人妻であり、しかも転勤して東京へ行ってしまわれたから、日々の弱音を聞いてもらう相手がいない」

「だが！　だが！」と御尊父はふかふかした座布団の上で、もじもじする。「その小説が終われば、さすがに時間ができたろう」

「それは考えが甘いというものです。先ほどチラリと申し上げましたが、結婚式二次会の祝いの席で、新郎新婦にお贈りした『夜は短し歩けよ乙女』が、まだできたてホヤホヤなので、世の中の人は誰も知らない。だから宣伝をしなくてはいけない。幸いにもインタビューをして雑誌に紹介してやろうと仰ってくださる人たちがおられる。だから東京へ出かけて、丸一日、あれこれ喋らなくてはなりませんでした。

これで週末がつぶれる。竹林は刈れません。小説も書けません」

「しかし喋ったのは一日だろう」

「その翌日は東京にある書店さんを訪ねてまわり、どうか私の書いた小説を宜しくお願い致しますと頭を下げるのです。多くの方々の手を借りて本を作った以上、その仕事を多くの方々に読んで頂くために少々の努力をするのは当然のことであります」

「ううむ。その次は？」

「それが終わったら、今度は職場のボウリング大会がありまして。これも私は幹事をやっていたので、少しだけですが手間をとられる。その分、執筆が遅れる。その遅れを取り戻すために週末を頑張ると、竹林へ出かけることができない。モタモタしているうちに、編集者の綿撫《わたなで》さんが次に出す本の相談に京都へやって来る。すき焼きを食べながら、あれこれと悪だくみをしていると、寺町通《てらまちどおり》から賛美歌が聞こえてくる。それを聞きながら、『ああクリスマスも近いですねえ』と二人で煙草をふかしたりする……そういうわけで夜も更けて、小説は難航する。その週末は、編集者の人からもらったチケットがあるので、安藤裕子《あんどうゆうこ》氏のライブに行くために大阪へ出かけるとまたそれで竹林へ行けない。ああ、いけない書かなくちゃと思ったら、今度は関西の書店をまわる約束をしていたことを思い出して、それでまた竹林へ行けない。やがて、ずっと滞っている書き下ろしの催促に編集者の人がやってくる。また新聞の取材を受けたり、また小説で悩んだり、そうこうしているうちにクリスマスが来ました。けれどもまだ小説を書いている。そうするとまた編集者の人が来たので、あれこれお話をする。すると、もう忘年会のシーズン到来です。忘年会をさぼるわけには参りません。そうなるとまた、大忙しです」

「いったい君は竹林を刈る気があるのか、ないのか」

「刈りたい気持ちでいっぱいです。けれども予定もいっぱいです」

「しかし忘年会が終われば年末年始の休みがあるだろう。その間に竹林を刈ることはできないのかね」

「年末年始に竹林を刈ることができない理由はいくつかあります。まず第一に、次に出す『新釈走れメロス他四篇』の仕上げをしなくてはならない。これはなんとしても三月に出すと綿撫さんが仰るので、いかんともしがたい。第二に、大掃除をしなくてはいけない。なぜなら大掃除をしない人間は年を越せないからです。第三に、実家へ帰らなくてはならない。鶴橋《つるはし》で買ってきたキムチや鰻の肝を食べながら、父や弟とお酒を飲まなくてはならない。年末年始に実家へ帰らないのは親不孝であります」

「たしかに。それはそうだ。だが年末年始の休暇をつかって文章を書けば、年明け少しは楽になるのだろう。では、一月には一日ぐらい竹林を刈ることができよう」

「それは……」

登美彦氏はそこで腕組みをした。「ううむ」と唸った。

やがて「しかし一月は寒いですからねえ」と言った。

登美彦氏がそう言うやいなや、御尊父はクワッと目を開いた。「これだから今どきの若い者は！」と大きな声で言った。「喝！」

登美彦氏は「ひゃあ！」と叫び、座敷から転げるように逃げだした。

竹林の夜明けは遠かった。

「登美彦氏、清談に耽る」

森見登美彦氏と竹林の悲劇的別離は、二〇〇七年一月下旬まで続いた。

その間、登美彦氏は背を丸めて机へ向かい、文章をうじうじ書いていた。行き詰まるたびにもちぐまに意地悪をした。目玉焼きを食べ過ぎた。恥ずべきことに、大掃除もしないでのうのうと年を越した（道徳的退廃の典型）。

登美彦氏が右往左往しているのを尻目に、前年末に出版した愛娘『夜は短し歩けよ乙女』が本屋大賞というものにノミネートされた。氏は喜んだ。道行く人をつかまえて、「これはうちの娘でしてね！」と言いたくなった。しかしそれはあくまで娘の業績である。竹林一つまともに整備できない男が、可愛い娘の七光で評価してもらえると思ったら大間違いだ。

というような囁《ささや》き声が聞こえるように登美彦氏が思い始めたのは、やはり竹林が刈れないことへの自責の念からであろう。鍵屋さんの御尊父に（夢の中で）叱責された記憶はあまりにも生々しかった。

京都の街中を歩くと、かたわらを通り過ぎていく人々が登美彦氏を指さして言う。

「ほら御覧。竹林一つまともに整備できない登美彦氏が歩いていくわ」

「竹林を刈る文章を書いているのに、まだ十本も刈れてないんですって」

「なにそれ、サイテー」

「いまどき、竹林経営ぐらい基礎教養よ」

「これからは竹男（Bamboo Boy）の時代よ」

登美彦氏は次第に自宅に籠もりがちになった。竹男の時代に乗り遅れる不安に怯え、ただでさえ暗い地下室のもっとも暗い隅に好んで座り、妄想のノコギリを振りながら小説を書いた。

「これからは竹林だと高らかに宣言しておきながら、このていたらく。一番情けなく思っているのは俺自身だ。有言実行がモットーの男でありたいとつねづね願っているところもあるというのに」

登美彦氏はそんなふうに思い悩むのであったが、悩んでいる暇があったら竹林へ行け、と筆者などは思うのである。同僚の鍵屋さんは登美彦氏をとうに見かぎり、「竹が」と登美彦氏が口走るだけで「ははん」と鼻で笑うようになった。

「ホンマに刈れるんですか？　無理とちゃいますのん？」

○

登美彦氏がもっとも恐れているのは、手をこまねいているうちに、竹林ブームが日本を席巻することである。

竹林は美しく、その用途は数かぎりなくある。門松、梯子《はしご》、茶筅、釜敷き、火吹き竹、剣道の竹刀《しない》、弓、尺八、ひちりき、笙《しょう》、オデンを刺す串に、扇子、孫の手、すだれ、籠、笊《ざる》、竹箸、物差し、そろばんの軸、生け花の容器、熊手に箒《ほうき》、光悦寺垣《こうえつじがき》、竹紙、竹炭、竹馬、竹とんぼ。そのうえにタケノコまでとれるのである。七夕には短冊に願いごとを書いて竹の枝にひっかけることもできるし、それをきっかけに恋が実ることもあろう。夏には肝試しもできるし、それをきっかけに恋が実ることもあろう。くだらぬ浮き世にサヨナラし、いて語らううちに、恋が実ることもあろう。

人生に必要なもの一切が竹林にある。

人気が出るに決まっている。

数年後には、仕事だの家事だの育児だのに疲れた現代日本人たちの間で竹林へ庵《いおり》を結んで笹の葉茶をすすり、となりの庵の乙女とイケてる「世の捨て方」につ

を結ぶことが話題になり、週末になるたびに竹林へ引き籠もる「週末遁世《とんせい》」が大流行。竹林は殺到する「週末世捨て人」によって庵を結ぶどころか立錐の余地もない。流行に便乗して開催された「全日本かぐや姫コンテスト」の優勝者（奈良時代風美女）がNASAの新型ロケットで月へ発ったまま消息を絶ち、そのニュースの掲載された新聞を通勤電車内で読むビジネスマンがふと顔を上げると、向かいに座ったビジネスマンが『正しい清談入門』を赤線引き引き読んでいる。「そうか、これからは性談の時代か！」と興奮し、清談と猥談を取り違えた男が竹林で袋叩きにあって男泣きに泣きながら門松を作ってみると、これがまた売れに売れる。猫も杓子《しやくし》も門松を作るものだから、有り余る門松の資産的価値は暴落、不法投棄された門松へ幼児が激突する事件が多発して、ついに京都市が「憎むべき門松とは断固として

戦う」と宣戦布告、門松禁止条例を作る。門松を愛して止まぬ人々は地下にもぐり、自由を渇望しながら、やみくもに門松を作り続ける。さほど門松にこだわらない人々は、しかたないから竹とんぼでも作るかと次から次へと作っては飛ばし始める。編隊を組んで飛ぶ竹とんぼが京都の空を覆って大規模な日照権問題が起こるが時すでに遅し、飛び交う竹とんぼの群れを制止する手だてはない。街は薄闇に包まれ、植物は枯れ、誰もが美白となる。「人類はこれまでか」と唇を噛んで空を眺めていると、空を埋め尽くす竹とんぼをかきわけるようにして帰還してくるのは、たしか月の裏側で消息を絶った「かぐや姫コンテスト」の優勝者ではないか——おお、美女と竹林！

「だが私がこのまま手をこまねいていればどうであろう」と登美彦氏は頭を抱える。「これだけ明確なビジョンを持ちながら、竹林整備はいっこうに進まず、ブームの先駆者を名乗るにふさわしい業績はまだ一つもない。先陣を切って走り始めたノロマな亀の悲哀、そこらへんの高校生には、『ああ登美彦？　竹林ブームに便乗して一発当て損ねてるやつ？』とかなんとか言われる。『竹を十本ぐらい刈った？　それがどうしたっていうんですかあ？』と言われて反論できるか。泣きながらおうちに帰って寝るしかない。こんなに屈辱的なことがあるか！　と思うのだけれども、君はどう思う？」

登美彦氏はホルモンを口へ放りこみながら訊《たず》ねた。

百万遍の某焼き肉店である。

向かいでは明石氏が炭化したタマネギをつつき、さりげなく登美彦氏の方角へ押しやっている。

「その心配はない」

明石氏は断言した。「竹林ブームは来ない」

「あ、言い切ったな」

「考えてもみろ。十一月になっても藪蚊がウヨウヨしてる過酷な環境下で、現代人が生きていけると思っているのか。週末に庵を結んでゴロゴロしているだけでマラリアになる。誰がそんな危険なまねをするか」

「いや、マラリアにはならんだろ」

「来年あたりに急激に地球温暖化が進めば、マラリアも出る。だがしかし、竹林にリベンジしたくないわけではない。鍵屋さんの御尊父に『これだから今どきの若い連中は！』と思われては、明石の名に傷がつく。地球温暖化が進んで藪蚊が機能強化するまえに刈ろうぜ」

「では来週末、午前十時に四条木屋町《きやまち》で会おう」

「よかろう。本物の漢《おとこ》というものを見せてやる」

〇

一月下旬のよく晴れた日、登美彦氏は四条木屋町の交差点へ出かけた。

明石氏の到着が遅れ、煙草が吸いたくなったので、登美彦氏は朝の寒々とした先斗町《ぽんとちょう》へ滑りこみ、石畳に置いてある灰皿を見つけて一服やった。そうやって薄暗い先斗町から四条通へ目をやっていると、爽やかな午前の陽射しの中を人々が楽しそうに歩いていくのだ。

と、そこへ明石氏がやってきた。

「森見君！」と彼は目をきらきらさせて言った。「不思議な人物が歩いてくるぞ！」

彼ほどの男をここまで興奮させるとは、いったいどんな人物か。

登美彦氏は固唾《かたず》を呑んで四条通を見守った。

せわしなく往来する人々に交じって、四条大橋から河原町通へ向かって、不思議なおじいさんが通り過ぎた。真っ赤な着物を着て、真っ赤な長い髪の鬘《かつら》をかぶり、眼鏡をかけていた。たいへんゆっくり歩いているのは、小さな手押し車のようなものに紐をつけて、ころころ引っ張っているからである。その車には市松人形が乗っていた。

まるで白昼夢を見たような気になって登美彦氏は呆然《ぼうぜん》とした。

「行こうぜ」と明石氏が歩きだした。

先斗町から出て、阪急河原町駅へ向かう彼らの前を、そのおじいさんは、少し気取った、優雅とも言える足取りで歩いていく。四条木屋町の不二家の前で信号に引っかかると、彼は「一歩進んで二歩下がる、ホラね！」とでも言うかのような小粋なステップを踏んだ。

そしてまた、歩きだすのである。

おじいさんがそういう真っ赤な着物で踊りながら市松人形を連れまわすようになったのには、きっと彼らにはうかがい知れない、色々な事情があってのことにちがいない。それはともかくとして、そういう不思議な人との邂逅《かいこう》は登美彦氏の脳みそを刺激した。そのおじいさんが小粋なステップで進む先は、必ずや京都の秘密の路地裏へ通じているであろう、と登美彦氏は妄想した。

京都というのは不思議の町だ。

登美彦氏と明石氏は地下の河原町駅へ通じる階段を下りたので、その後、おじいさんがどこへ向かったのか知らない。桂の竹林へ向かう車中で明石氏の語ったところによると、あまりにも不思議な人物だったので、京阪四条駅で電車を降りたあと、ずっと一緒に歩いてきたということだ。

「奥の深い出逢いだった。今日はもう竹林を刈らんでもいいぐらいだ。満足だ」

「そういうわけにはいかんよ」

二人は電車に揺られていった。

桂駅に降り立つ人間は、みな「阪急蕎麦」を食べなくてはいけない。

登美彦氏と明石氏は阪急蕎麦をすすって腹をふくらましてから、竹林へ向かった。

竹林へ向かう道々、明石氏は竹林伐採の計画を練った。

「八分で一本を切り、二分のインターバルをおく。このインターバルが重要だ。それより長くなると筋肉が冷える。しかし適宜休憩を取らねば消耗が早い。このペースを乱さずに切り続ければ一時間で六本。五時間働けば三十本の竹を切断できる計算になる。十時間なら六十本だ」

「なるほど」

見事なまでの机上の空論であった。

一月の竹林は相変わらずである。登美彦氏たちが仏頂面をして踏みこんでいくと、となりの竹林で作業をしている人物が顔を上げ、何をしてるんだ、と問いただした。

「鍵屋さんにお願いして、竹林の手入れをさせてもらっております」

登美彦氏は言った。

彼らは腕まくりをし、ふたたび竹林へ戦いを挑んだ。

一月だから藪蚊がいないのはありがたいが、竹はいっこうに弱る気配はなく、登美彦氏たちのノコギリをやすやすと跳ね返す。かと思えば固い幹にノコギリをくわえこんで、引いても押しても放してくれない。小一時間ほど奮闘した後、登美彦氏が足をもつれさせ、もんどり打って転んだ。数々の京都市左京《さきょう》区上京《かみぎょう》区限定の文章を生み出してきた黄金の右腕をノコギリで切り裂くところであった。

明石氏は、からまりあって足もとを埋め尽くす竹の枯れ枝を睨んだ。

「まずは地面の枯れ枝を一カ所へ集めよう。これが足にひっかかって作業効率を悪化させているし、第一、めちゃうっとうしい」

「的確な状況判断力。さすがだ」

「竹林から遠ざかっているあいだに、無意識下でシミュレーションが行われたにちがいない。できることから手をつける。仕事の基本だ」

「それで一冊、ビジネスマン向けの本が書けるんじゃないか?」

カリスマ竹林経営者として何一つ実現していない多角的経営に、登美彦氏はまた一つ新たな事業を加えた。出版界への進出である。まずは『竹林に学ぶ七つの習慣』。これがビジネスマンを中心に、やけに売れる。その次は自伝『森見登美彦氏の半生』の出版だ。

「竹林に学ぶ七つの習慣。ひとつ目はまず、『できることから手をつける』だ」

「では我々もできることから手をつけよう」

彼らはノコギリをいったん置き、乱立する竹の間に散らばった枝を集めてきては積み上げた。明石氏は枝を運びながら「前回のことを反省しよう」と言った。

「我々は『竹を切る』という新鮮な体験に興奮していたにすぎない。初めてのイチゴ狩りに我を忘れてヨダレを垂らす小学生のようなものだ。そんなていたらくで適切な仕事をなし得るわけがない。浮かれ気分を排し、作業を効率化し、的確で無駄のない努力を積み重ねていく。それでこそ敵を殲滅《せんめつ》することが可能だ」

「たしかに、足もとの枯れ枝を片づけるだけで劇的に仕事がやりやすくなるな。この竹林伐採技術を見れば、鍵屋家の我々に対する評価もうなぎのぼりだろう」

心なしか竹林がきれいになったような気がした。

上機嫌になった二人は竹を刈り始め、やがて調子に乗った登美彦氏は切断した竹を持って竹林の中を駆けめぐった。竹をもって竹を叩きのめし、「宝蔵院《ほうぞういん》流」と詐称した。戯れる登美彦氏を尻目に、明石氏は竹の幹にはさまったノコギリをウンウン言って引っ張っている。

「そういえば森見君が俺たちのデキる男っぷりをあくまで的確に誇張することなく書いている連載は『美女と竹林』というんだろ？」

「そうだよ」

「美女と竹林だろ？　竹林はあるわな。しかし、美女はどこだ？」

「それは今後の課題だ」

明石氏はふいにノコギリを放り出した。「磯山さやかと対談しろ！」と言った。

「なるほど対談か……磯山さやか」と登美彦氏は感心した。「それで磯山さやかって誰？」

「磯山さやかは磯山さやかであって磯山さやか以外の何ものでもないよ森見君」

そんなことを言い合いながら彼らが竹を切っていくうちに、だんだん竹の置き場所に困ってきた。

竹林の北端に積んだ竹が、遊牧騎馬民族の襲来を防ぐための長城のようになった。明石氏はそれを「北のビッグウォール」と名付けた。彼らは竹林の南にも新たな集積場所を設けることにした。それを明石氏は「南のビッグウォール」と呼んだ。

「竹の処分法を考えないといけないいな」

「このまま積んでおけば、次に来る頃には腐って消失してるんじゃないの？」

明石氏はのんきなことを言った。

「阿呆なことを。君はリグニンのすごさを分かっていない」

「消失しないんか……じゃあ、いずれ運び出すのか？」

「南のビッグウォールは竹林の奥だから、運び出すのが大変だぞ。ちょっとは後始末のことも考えないと、あとで苦しいことになる」

「なるほどな。クロージングを見据えた仕事をすべきだ」

そこから話は手鞠《てまり》のように転がった。

登美彦氏は小説を書くということがもとからよく分からなかったが、最近ますます分からなくなって、「クロージングを見据えない」で書き始めることがしばしばある。ようするに、行き当たりばったりである。現時点でも広げに広げた風呂敷が畳めなくて困っているところだ。

「クロージングを見据える、か……」と登美彦氏は唸った。

「これも『竹林に学ぶ七つの習慣』に書き入れようぜ」と明石氏。

「いや、待て。しかし、時にはクロージングを見据えないことが良い結果をもたらすこともあるのだ。なんとかクローズしようと七転八倒して、ワンパクでもいい、たくましくねじ伏せるところに醍醐味があるとも言える。どうにも風呂敷が畳み切れなくて、『あ、あ、もうダメ、耐えきれない』と破裂しかけているところが妙にオモチロイということだってあるだろう。やはりクロージングを見据えるのも善《よ》し悪《あ》しだ」

「では類型化して例示すればいい。竹林伐採はクロージングを見据えるべき。小説を書くときはクロージングを見据えずにむちゃくちゃやるべし、と」

「よかろう」

そもそも何の話をしていたのか忘れた彼らは、そのまま忘却することにした。

またやみくもに活躍した。

ひたすら竹を刈り続ける二十代後半の二人の男。ここは男の仕事場だ。ふと手をやすめて耳を澄ませると、豆腐屋の音が遠くから聞こえてきた。

おそらく初めてこの竹林を見る人には、どこが片づいたのか分からないであろう。しかし竹を切っている彼らには、大いなる進歩だと思われた。

「もう庵を結べるぐらいはきれいになったな」

登美彦氏は言った。

彼は竹林の片づいた一角を指さして、「ここにはホームバーを作る」と言った。そしてまた別の一角を指した。「ここには大きなソファを置こう。わきにある小さなテーブルには、灰皿と煙草、クリーミーな泡の冷え冷え麦酒が用意されている。

青竹で竹踏み健康法をやりながら、大きな液晶テレビで『パイレーツ・オブ・カリビアン』を観るのだ」

「森見君、それは俺ではなくて、リビングルームではないか？」

「そしてここには天蓋つきベッドを置く」

「天蓋つきベッドはやめろ」

「どうして？　ぜんぶ竹で作るんだ。高飛車な深窓のご令嬢が、『私に声をかけるなんて十年早くてよ』と言いながら遊びに来ても平気だからな」

「深窓のご令嬢は竹林には来ないね。藪蚊がいるから」

「深窓のご令嬢は来なくても、かぐや姫がいる。嫁にする」

「そういえば、かぐや姫は蚊は平気だったのか？　ジジイが見つける頃にはぷくぷくではないか？」

「いや、竹に入ってるから大丈夫だ。竹の幹の中は無菌室だよ君。かぐや姫こそ真の箱入り娘と言えるだろう。それにしても、かぐや姫は出ないな」

「俺たちは無意味なことを喋っているな。つねのごとく！」

「これが清談というものだ」

清談とは、その昔中国で流行した超俗的清雅な談論のことであるという。果たして登美彦氏たちの腐れ大学生生活の延長線上に花開く会話が「清談」と言えるのかどうか、疑問の余地がある。

その後も彼らは、泣く子も黙るほどノコギリをふるい、喉がかれるほど清談に耽《ふけ》った。

○

前半はやたらと動き回るが、後半はドッと疲れる。いつものことだ。

彼らは枝のからまった竹を引っ張ってウンウン言うのにもやがて飽き、残りの清談は晩飯を喰いながらやることにして、竹林を去って四条河原町へ戻った。阪急百貨店内のレストランにて、やたら丸々としたハンバーグを喰い、麦酒を飲んだ彼らは今日の成果に上機嫌となり、「これで我々もデキる男だ」と言い合った。「デキる男、しかもたまに竹も刈る」と明石氏は言った。「ニッチな市場だ」

「しかも我々は肉を喰う。すばらしい」

「とてつもなくムキムキだ。すばらしい」

盛り上がる筋肉を夢見ながら、彼らは京阪四条駅へ行った。

「さて、ワタクシは帰って小説を書きます」と登美彦氏は言った。「君は?」

明石氏はホームに入ってくる淀屋橋《よどやばし》行きの京阪特急を睨みながら、「そうだな」と言う。「帰ったら民事訴訟法の択一《たくいつ》解いてクソして寝る」

そうして彼らは、たがいの健闘を讃え合いながら別れた。

「T君の話」

「これはT君から聞いた話だ」

森見登美彦氏は引っ越し祝いにマンションを訪ねてきた明石氏に言った。

引っ越し祝いとは言っても、祝っている余裕はなく、彼らは汗水たらして本棚を組み立てていた。その作業のかたわら、登美彦氏はT君の話をした。

○

T君は腐れ大学生であった。

しかも二回生であった。

当然、暇を持てあましていた。朝から日暮れまでずっと寝ていても、自分という人間が歯を食いしばって何らかの義務を果たさずとも、何ら支障を来さずに世界はまわり、青春（らしきもの）は空費されてゆく——ここで言う「暇」とはそういうことである。

彼は志の高い男であったから、たとえ薄汚い四畳半に暮らしていても、自分が無意義な暮らしをしているとは思わなかった。いろいろ工夫を凝らして暇を潰し、日々着々と己が成長していると信じる、その実そんな保証はどこにもない、そういう哀れな子であった。

だがそんな彼にも、自信の揺らぐ時が来る。

京都で二度目の桜を眺めながら、彼は何事も為さぬままに一年を棒に振ったと後悔した。まだ大学生活に望みを断ってはいなかったので、「何かしなくてはならない」と焦った。大学構内へドッと乱入して、何が楽しいのか知らんが希望に充ちた目をぎらぎらさせている新入生たちを見るにつけ、彼の焦りは募るのであった。

四月になると新しく講義が始まる。

「大学から『取得せよ』と命じられた単位ばかり拾い集めても、たいていは講義室でぼんやりしているばかりだから、これはぜんぜん実益がない」

自分が努力しないことを棚に上げて、彼は大学を非難した。

「なにか風変わりな授業を選んで、知恵と胆力を鍛えよう」

そうしてT君が見つけたのが、「文化人類学演習」というものである。

彼が「文化人類学」という言葉を聞いて想像したのは、「アフリカの奥地で暮らす人々の間に交じって暮らし、彼らの文化や社会について調べる」というものであった。

「学生の分際でそんな大仕事ができるわけがないしな」とT君は思った。「きっと、文化人類学関係の本を読んだり、先生のフィールドワークの話を聞いたりするのだろう。そんなとこだろ。ふむふむ」

実りある経験、新たなる試練、充実した一年を求めているわりにはきわめて消極的――それがT君という男である。

T君はたわむれに第一回目の授業を覗《のぞ》きに行った。

ゼミ用の小さな部屋へ入って席についた彼は、ゼミが始まるなり怖《お》じ気《け》づいた。開始時刻になって集まってきた学生たちの中には文化人類学を学ぶ大学院生の姿すらあり、皆が真摯な眼差《まなざ》しをしているのであった。生半可な覚悟でたわむれに迷いこんだのは彼一人らしいのだ。

先生は一年に亘《わた》る演習の概略を述べた。

「まずはそれぞれ興味のある分野について調べてレジュメを作って発表してもらいます。そこで調べたことをもとに計画を立てて、フィールドワークをやってもらう。年度末にその成果を発表するということになります」

へなちょこのT君には荷が重すぎる。

真摯に先生の話に耳を傾ける学生たちの間で肩身の狭い思いをしながら、T君はスキあらば逃げだそうと尻をもじもじさせた。しかし先生は容赦なく彼の逃げ場をふさいでいく。

「それじゃあね、だいたいやってみたいことを順番に言ってもらいましょうか」

長いテーブルの端に座った学生から、何に焦点を当てて調べてみたいか、述べ始めた。誰もが明確な目的意識をもって文化人類学の世界へ乗りこんできたデキる学生に見えた。

「どうしよう、俺は手ぶらで乗りこんできてしまった、いったい何をもって彼らと戦えばよいのだ！」

T君は自分の順番が回ってくるまでの間、生きた心地もなかった。

やがて彼の番が来た。

「竹林について調べてみたいと思います」と彼は苦し紛れに言った。「竹林が好きなんです」

「ほお！　竹？」

なぜか先生が身を乗り出した。

○

彼らは本棚を作り終えた。

憧れであった壁一面本棚が完成すると、登美彦氏は満足そうに頷《うなず》いた。天井まで詰まっているので、本棚が倒れてきて圧死する危険がなくなった。彼はこれで安心して暮らすことができるのである。仕事が終わった祝いに彼らはダイニングバーに出かけ、ルッコラのサラダをむしゃむしゃ食べ、酒を飲んだ。

「俺たちは竹林について多くを学んできた。手際は良くなる一方だ」

明石氏は言った。

「うん。この調子でいけば、竹林はズンズンきれいになるだろう」

「俺としても、憎むべき藪蚊が現れないうちにもっと刈りたいところだけど、しかし司法試験も迫っている。俺にも、一応、この先の人生というものがあってな」

「うむ」

登美彦氏は腕組みをして頷く。

「試験が終わるまでは君はムリだろう。まあ、なんとかほかをあたってみる」

明石氏はウキスキーを舐《な》めた。

「それでT君はどうなったんだ？　ちゃんと竹について調べて、文化人類学演習の単位は取れたのか？」

「T君が根性なしであるということを忘れてはいけない」

登美彦氏は言った。「彼は逃亡を図った」

○

初手から逃げ腰であったT君は、竹に興味を示してくれた先生には感謝しながらも、けっきょくは大学構外へ高飛びした。生半可な学生である自分がここにいてはならない、先生の期待に応えることはできない……T君は涙を呑んで去ったのだ。

文化人類学演習の時間がくるたびに、T君は四畳半へ身をひそめ、本棚のかたわらに三角座りをして自分を責めた。

「俺はこうしてまた実りのない一年を繰り返すほかないのだ、文化人類学演習の単位を取得して経歴に箔をつけることなど夢のまた夢、フィールドワークする度胸もないチッポケな男としてなんとなく蔑《さげす》まれながら、四畳半の隅で朽ち果ててゆく俺の青春……可哀相なやつ！」

そんなことを考えていたに違いない。

そして三週間が過ぎた。

三週間もたてば、ほとぼりはさめる。

その日、T君はふらりと大学構内を歩いていた。

文化人類学演習が始まる時刻になった。T君は行くつもりはなかった。どんな顔をして戻ればよいか分からないし、「あんたダレ？」と言われるかもしれない。そもそも戻ったところで、何をすればよいか分からないのだ。

文化人類学ゼミに集ったあの真摯な目をした若者たちも、初回から尻尾《しっぽ》を巻いて逃げ出した腐れ大学生のことなど、もはや忘れ去っているだろう。先生も「あんなやつ、来なくていい」と思っているだろう。

「これでいいのだ。俺が汚名を受け入れればすべては丸くおさまるのだ」

T君は思った。「正確に言うと『汚名』ではないが……」

T君がなんとなく未練を感じながら廊下をぶらぶら歩いていると、同じ文化人類学演習を選択している女性が通りかかった。あくまで偶然であった。彼女は今まさに文化人類学演習へ向かっているところらしかった。今、目前を横切った彼女の横顔を想い、その後ろ姿を見送ったあと、T君はそのまま去ることができなかった。引き寄せられるように文化人類学演習の部屋へ向かった。

「なんとなく興味深く、もう一目彼女を見てみたいと思ったからだ」

彼はそのように述べている。

「それはようするに淡い恋の予感ではないか」と言う人もあるだろう。

文化人類学演習へ彼を引き戻したのが、淡い恋の予感であったか否かはともかくとして、彼はずうずうしくも三週間顔を見せなかった文化人類学演習へ顔を出した。向かい側には彼がもう一度見たいと思っていたうら若き女性が座っていて、彼は満足した。しかし問題は、今さら顔を出した自分を見て先生が何と言うかということであった。

やがて先生がやってきて、彼の顔を見た。アッと明るい顔をした。

「お！　タケノコが来た！　タケノコが来た！」

なにゆえ出し抜けにタケノコ呼ばわり？　とT君は不思議に思ったが、先生は「竹の（研究をしたいと言っていた）子が来た！」と言ったのである。

先生は彼が戻ってきたことを喜んだ。

今に至るも、T君はなぜ先生がそこまで竹を気に入ってくれたのか分からないという。だが、そこまで再登場を喜んでもらった以上、もはや引き返せない。T君は高飛びすることもできなくなった。向かい側には、T君をこの部屋へ引き戻した女性が座っている。彼女はなんにも御存じない。

これがいわゆる「淡い恋の予感」の効用というものだ。

男子諸君は慎重にこれを扱い、有効に活用すべきである。

今度は自分がいくら逃げ腰でも、先生がT君を放してくれなかった。先生はT君がでっちあげた竹に関するレジュメを読んで、「これは面白い」と言い、さらにT君がでっちあげた「奈良の茶筅作りについて調べる」という計画についても「面白い」と言った。

それはあまりにも不甲斐ないT君をやる気にさせるための作戦であるというよりも、ただただ先生の竹に対する好奇心の発露というものであった。そんなにキラキラと輝く目で見つめる人間を裏切って、逃げ出せる男がいるであろうか。淡い恋の予感に釣られて引き戻されたT君は、先生の情熱にからめとられてしまったのである。

○

もはや恋の予感に震えている場合ではない。

この場を切り抜けなければならぬ。

さらに言えば、くだんの女性はゼミに所属するほかの女性たちと手を組み、泊まりこみで琵琶湖畔へ出かけ、ある村落について調べるという大きな計画を練っているらしい。いくらひとりぼっちだからとはいえ、あんまりダラしない発表をしては彼女に笑われるであろう。面目が潰れる。守るほどの面目ではないにせよ、T君はそういうことはやけに気にする男だったのだ。

彼はとりあえず計画を立てた。

いくら「竹林が好き」だと言っても、それだけでは調べようがない。竹林をぶらぶら歩いているだけでは、何の成果も上がらないのである。そこでT君が目をつけたのが「茶筅」であった。

茶筅とは、抹茶を点《た》てるときに用いる、竹を削って作ったささらのことだ。

T君は奈良の生まれだが、実家の近くに高山という場所があって、そこは古くからの茶筅の産地であった。冬枯れの田に竹を干している景色を見たことがある気もした。茶筅であれば竹にかかわる品であるし、茶筅について調べるふりをして、竹林をうろうろしたりもできるのではないか。しかも実家のそばだから、泊まりこみなどしなくても、自転車で出向くことができるだろう。

我ながら良いアイデアだとT君は思った。

「これしかない」

○

はじめから茶筅の里へ単身乗りこんでいくのは怖い。どこの何者かも分からないT君のようなへなちょこ学生が訪ねても、茶筅道を究めた茶筅師たちに門前払いを喰うかもしれない。そういう目にあうことは、T君はたいへん苦手であった。

「どうすべきか？」

彼は思案した。

けっきょく、手始めに知っている人物を訪ねることにした。

相手は彼が小学生の頃、親にしぶしぶ通わされていた剣道道場の主《あるじ》の奥様である。そういえば剣道で用いる竹刀は、名前からも分かるように竹製品である。そんなところにも、彼と竹との縁がある。

奥様はたいへん親切に詳しく茶筅について語ってくれた。

茶筅を作る工程のうち、削った竹の根元に糸を通して編む作業が、近隣の村に暮らす娘たちの内職だったのである。古いお宅の居間にて、T君は優しいおばあさんから、「暖房をつけてはいけないので茶筅を編む手がかじかんだ」とか、「茶筅一本を作っていくらだった」とか、そういうお話を聞いた。

これに力を得たT君は、引っこみ思案なところをグッとこらえて、茶筅の里へ乗りこんでゆく。

茶筅師たちを訪ねて話を聞いた。

茶筅の歴史に詳しい郷土史家のもとを訪ねて、その滔々と溢れだす知識に圧倒されたまま気づけば日が暮れていたりした。

もちろん、そういった人たちのもとへ出入りすると見せかけて、竹林をさまようこともあった。竹林を求めて歩きまわるついでに、高山の城跡と言われる丘を探検したりもした。奈良の高山は大阪・京都・奈良の三つの都市から延びてきた道が交わる交通の要衝であったから、かつてはお城もあったのだ。

そうして夏休みは過ぎた。

ある日、T君は神社前のバス停のベンチに腰掛けていた。山向こうに沈みかける夏の夕陽が、竹林を黄金に染めている。

「俺はなぜこうして茶筅の里をうろうろしているのだろう」

彼は不思議に思った。

「いくら竹林が好きだとはいえ、竹林と茶筅はやはり違うものではないか。そもそも、これはフィールドワークにすらなっていないではないか」

書籍にあたれば載っているかもしれないことを訊ね、茶筅師が自由に見学を許している茶筅作りを見せてもらったところで、どう考えても文化人類学的に意義のあるフィールドワークをしているとは言えない。そのことにT君は目をつぶろうとしていたし、またどうすれば「文化人類学的に意義のあるフィールドワーク」というものになるのかどうかも分からなかったのである。愚かな自分のために時間を割いてくれた茶筅の里に暮らす方々に申し訳ないと、T君は当時のことを振り返っては悔やむという。

「しかし、体裁だけは整えよう。しょうがない」

T君はバス停で一人呟いた。

文化人類学的には意味がないものの、とりあえずは体裁だけととのえた発表を行い、彼は先生のお情けで文化人類学演習の単位を得た。

○

その後、T君は文化人類学演習で得たものを何も生かせぬまま、学生生活を続けた。

ときおり、あの演習のことが頭をよぎることがあった。

あのとき、「竹林が好きなんです」と苦し紛れに口にした瞬間が、ふと胸に甦《よみがえ》ることがあった。しかし「竹林が好き」だからといって、ほかに何ができたろう——。

やがて大学院へ進むことになったT君は、そこでも自分の興味のある対象を選ぶように言われた。口をついて出た言葉が、やはり「竹林が好きなんです」。

そして竹の研究を始めてはみたものの、T君は「やはり違う」と思った。

彼は竹をまな板の上で切り刻んでミキサーにかけ、酵素の抽出に成功したり失敗したりしながら、「でもこれはちがうじゃないか。竹林と酵素は違うじゃないか」と当たり前のことを呟いた。フラスコの中に竹林を作るという役にも立たない夢は、ほんの一時の気休めでしかなかった。その悩みは、あのバス停のベンチに腰掛けて夏の夕暮れを眺めていた時に考えたことと本質的には同じであった。

「俺は竹林と本当の意味でのお付き合いをしていない」

彼は繰り返し呟いた。

「どうすれば竹林と満足のいくような付き合い方ができるのだろう。こんなに愛しているのに！　もっと強烈な、もっと生々しい、竹林との交わり方がこの世にはあるはずだ」

ついに竹研究の道を諦めたT君は、就職し、そのかたわら小説を書くようになった。

そして妄想エッセイの連載を持ちかけられた。

「何について書きましょうか？」

打ち合わせのとき、編集者の大口氏が言った。

そのとき、T君は竹林を刈ることを思いついたのである。「なんで竹林？」と怪《け》訝《げん》な顔をする編集者たちに、T君は文化人類学演習の初回で口にした同じ言葉を呟いた。

「竹林が好きなんです」

発見してみれば単純なことであった。

理想的な竹林との交わり方とは、竹林を刈ることにほかならない。

「それ以外はすべて誤っている」とT君は思った。

かくして、文化人類学演習に始まる迂遠《うえん》なすれ違いの果て、T君は恋を実らせた。

一切は淡い恋の予感から始まる。

それがどんなに頼りない心の震えであっても、自分の魂が求めているものがなかなか分からなくても、迂回を厭《いと》わずに探し求めれば、なんらかの実りがもたらされるというありがたいお話である。

○

「おい、待て」

明石氏がパスタを食べながら言った。「それ、君の話ではないのか?」

「T君の話だと言っているじゃないか」

「待て、ちょっと待て。あのゼミの女の子は? あの淡い恋の予感は? 途中から竹林への恋にすりかわってないか？　肝心の美女はどうした？」

「美女は竹林という概念に含まれる。竹林と美女は、本質的には同じものだ」

「いやいや。本質的に違うだろ」

明石氏の言葉を登美彦氏は無視した。

「そうなのだ。この連載の眼目はそこにある。『美女と竹林』とは、美女がいて竹林があるという意味ではなく、美女と竹林が等価交換の関係にあることを示している。つまり読む人は、洛西の竹林の涼やかなざわめきの向こうに、玲瓏《れいろう》たる美女のおもかげを感じ取らねばならない。『美女はどうした？』という野暮なつっこみは、今後一切却下してかえりみないぞ」

「その理屈は妙だ。そもそも理屈ですらない」

明石氏は指摘した。「俺は淡い恋の行方が気になる」

「まあ、もういいや。T君の恋の顚末《てんまつ》については、次号を待て」

登美彦氏は勝手なことを言った。

ここに筆者は予告しておくが、T君の恋の顚末が次回に続くことはない。

絶対にない。

なぜならば、成就した恋ほど語るにあたいしないものはないが、成就しなかった恋ほど語るにあたいしないものもないからである。ゆめゆめ疑うことなかれ。では、あでゅー。

「登美彦氏、外堀を埋めて美女と出逢う」

蟹であったか海老であったか、鍋にはった水に放りこんで火にかけると、そいつは熱さが実感できず、知らぬうちに茹だっているという話を聞いたことがある。嘘か本当かは分からない。この誰から聞いたか忘れたお話には、不思議なことが二点ある。

一点は、いくらその生き物が鈍感だからといって、火にかけられてだんだんまわりが熱く熱くなってくるという「今そこにある危機」が分からないほど阿呆ということがあるか！　ということである。

もう一点は、今まさに茹でられんとしつつある生き物の気持ちがおまえに分かるか！　ということである。

なぜこういうお話を思い出したかといえば、二〇〇七年二月の登美彦氏の状況が、ちょうどその鍋にはった水に放りこまれて火にかけられた蟹もしくは海老を思わせるからだ。

○

登美彦氏が『太陽の塔』という本を出してもらったのは二〇〇三年の十二月である。氏が文章を書いてお金をもらうようになってから、ほぼ三年が過ぎた。この先自分がどこへ流れていくのか分からないまま、狭くも居心地のよい四畳半で『太陽の塔』を書き始めた二〇〇二年の初秋からは、四年半が過ぎている。

この四年半は、クリスマスイブに突発的なサイン会を開催したほかは、これといって波乱のない日々であった。登美彦氏は二作目の本をなんとか出してもらった後、大学院を卒業し、就職し、そして「寡作」と言われながら、あまり人目につかないところで淡々と書いていた。

二〇〇三年、処女作を出版した時、登美彦氏はそれが「めったにない幸運である」と考えた。「これはただのきっかけに過ぎず、今後も本を出してもらえることを必ずしも意味しないぞ」と自分に言い聞かせ、絶望にそなえた。はじめから期待しなければ、ガッカリする度合いも小さくて済むという処世術である。

「俺は作家になるから、就職活動など無用」

高校時代には本気で信じているほどの阿呆であった登美彦氏も、長い大学時代を過ごすうちに色々と思うところがあった。「そんなにうまくことが運べば誰も苦労をしないのだなあ」と考えた。世の中というのは自分が想像していたものとはだいぶ違うようだし、自分には思っていたほど才能がないと分かった。

つまり、ようやく現実を知ったのである。

自分の作品が世の人に読んでもらえるようになるまでには、苦しい修業の日々を何年も過ごさなくてはならないらしい。注目されることがなくても、うまく書けなくても、本にしてもらえなくても、へこたれずに営々と努力しなくてはならない。そうして五年、十年、二十年と頑張った後に、ようやく日の目を見ることもあるかもしれないということだ。長い苦闘のすえに名作を書き、雑誌では特集が組まれ、「森見さんの原稿が欲しい」と目を潤ませた女性編集者がぞろぞろと京都へ乗りこんできて、ついには憧れの本上《ほんじょう》まなみさんと対談できる日も来るかもしれない

――というのが登美彦氏の思い描いた「作家の道」であった。

「名作を書く」までは志が高いが、そこから先がなんだか違う、ということを気にしてはいけない。がりがりに痩せて似非文学青年風を装っている登美彦氏も、しょせんは人間だ。

「長い道のりだなあ」

当時の登美彦氏は溜息をついた。「でも、これぱっかりはやむを得ない」

○

「苦節十年、もしくは挫折」

登美彦氏はそう覚悟していた。

だから、騙し騙し周囲が賑やかになってくるのをボンヤリと眺めていた。ふと気づけば、なんだかいつも机に向かっていなくてはならない。ふと気づけば、締切がやってくる。編集者が大勢、会いに来る。自分の本が増刷したというお知らせをもらう。なんとなく様子がおかしい。きな臭い。騒がしい。不可思議である。気づいた時にはそうなっていた。

そして、竹林へ出かける暇もない。

おお、竹林への道が思った以上に遠い！　なぜなにゆえWhy?

「おかしい」

登美彦氏は考えた。「誰かに騙されているらしい」

茹でられつつある蟹もしくは海老のように、登美彦氏は周囲の温度が上がっているらしいということに、なかなか実感がもてなかった。

ただ、締切の圧迫だけはひしひしと分かる。そして、ヒヤヒヤしなくてはならない回数は増えてくる。いったん約束してしまった以上、約束を果たさなければならないからである。

「こんなことで苦しむのは十年先であるはずだ。締切に追われるのも、雑誌で特集してもらうのも、本上まなみさんと対談するのも、もっと先！」

登美彦氏は根っからのモラトリアム人間であり、たとえ自分にとって良いと思われることであっても、変化が苦手であった。適応力がない。応用力がない。乱世を生き抜く力がない。昨今の若者たちが持つ人間的な弱点としてしばしば引き合いに出されるこれらの要素を、彼は一身に体現している。

登美彦氏は安閑とした日々を愛する。何も起こらない日々を愛する。大学時代に四畳半に籠もっていたのも、やがて四畳半から旅立って竹林へ至ったのも、そこではドラマティックなことが何一つ起こらないからであろう。たとえ大地震が起こっても、四畳半は倒壊するが、竹林の中は平穏無事である。

「事件は机上で起これぱいい」

登美彦氏はそんなことばかり言っていた。

しかし登美彦氏は、自分が自分史上未曾有の幸運の連鎖によって、思ってもみなかった場所へ向かう途上にあるということを知らない。一切は運命である。

ある日、某出版社の人々が大勢京都へ乗りこんできて、「雑誌で森見登美彦氏の特集をやります」と言った。登美彦氏は「ありがとうございます」と応えたが、雑誌の編集者はやがて「本上まなみさんと対談できないかどうか、お願いしてみませんか」と言った。

「それは、もっと先！」

登美彦氏は叫び、逃げ腰になった。

本上まなみさんは登美彦氏とは比べものにならないぐらい有名だが、それでもなお、知らない人もいるかもしれない。

○

本上まなみさんは1975年5月1日生まれ、太陽の塔のそばに住んでいたこともある、京都の大学へ通っていたこともある、そして今は女優であり、人妻であり、一児の母であり、「へもい」（＝イケてないけど憎めない）という言葉を世に広めるべく努力しながら思ったほど成果が上がっていないらしい、美しい人である。

この連載は竹林をめぐるお話ではないのか、なぜ本上まなみさんが出てくるのだと言う人もいるだろう。「脇道にそれるのもたいがいにしろ！」と机を叩く人もあるだろう。「毎回毎回、脇道だけだ！」と的確な指摘をする人もいるだろう。でもそういう人は、おたがいの心の健康のために、こんな文章は読まない方がいいと筆者は考えるものである。

「『美女と竹林』とは、美女がいて竹林があるという意味ではなく、美女と竹林が等価交換の関係にあることを示している。つまり読む人は本上まなみさんの清楚なたたずまいの向こうに、涼しげな竹林のざわめきを聞き取らねばならない。『竹林はどうした?』という野暮なつっこみは、一切却下!」

登美彦氏はこのように述べている。

大学時代、本上まなみさんは登美彦氏の憧れの人であった。

登美彦氏は彼女のカレンダーを買って四畳半の壁に飾り、彼女の写真が載った雑誌を買いあさり、その写真を切り取って集め、まるで恋人について語るかのように彼女について語り、誰かが彼女を褒めるとなぜか照れ、誰かが彼女を貶《けな》すと気を悪くし、彼女の番組を友人に録画してもらって繰り返し観た。

ただし、その情熱がもっとも激しかったのは大学一回生から三回生頃のことであって、それ以降、登美彦氏は徐々に落ち着いてきた。

今となっては、彼女の出ている番組を録画して欠かさず観るというようなことはしない。彼女の写真が載っているからといって雑誌を買うということもない。ましてや、彼女の載っている雑誌に手を触れようとした下級生に「それに手を触れるな!」と怒鳴ったりはしない。

しかし、それは登美彦氏が本上まなみさんに興味を失ったということではないのだ。

パッとしない学生時代というような停滞した時期に憧れた相手は、いったん熱病のような状態が冷めた後になっても、一定の位置から動かないものである。たとえ時代が移り変わり、登美彦氏の身辺に変化が起こっても、登美彦氏がほかの女性に心動かされることがあっても、かつて本上まなみさんに熱烈に憧れたという事実は決して消えない。本上まなみさんは本上まなみさんでありながら、その当時、四畳半でぼんやり彼女に憧れていた、あのあらゆる意味で徒手空拳だった登美彦氏という存在を含んでいる。そういう意味で、本上まなみさんは別格となったのである。

登美彦氏は夢想したことがあった。

「作家になれれば、これまで会えなかった人に会う機会もあるだろう。それはほかの作家の人たちというだけではない、もっとほかの世界の人と会う機会もあるだろう。ならば本上まなみさんに会う可能性も皆無とは言えないであろう」

かくして、作家として「みんなに読んでもらえる小説を書く」という目標とはまた別に、「本上まなみさんと会う」という目標が設定された。

「実現には十年かかる」と登美彦氏は計算した。

その計算に根拠はなかった。

○

対談は東京目黒の一角、古い大きな家で行われた。

二月の終わりで、雨が降る寒い日であった。

いざ対談の当日になると、登美彦氏はその目標があまりにも早く叶《かな》ってしまうことが、ふいに哀しくなってしまった。「その目標を果たしてしまえば、あとは頑張ってオモチロイ小説を書いておればよいではないか」と割り切ることができない。無性に哀しい。小説の中で名前を出したり、文庫本の解説をお願いしたり、いろいろと外堀は埋めてきたが、こんなに早く埋まってしまうとは思わなかったのである。

登美彦氏は芥川龍之介《あくたがわりゅうのすけ》の短編小説「芋粥」を思い出した。あれは残酷きわまりないお話であり、絶望についてのお話である。そう思えば、本上まなみさんとの対談に同行してくれる編集者の人たちが、あの小説の主人公に山ほどの芋粥をすすめた憎き男と同じ人種に見えてくる。

「あなた方はたいへん残酷なことをしているんですよ！　嬉しいですけど！」

登美彦氏は心の中で呟いた。

「本上まなみさんと会ってしまえば、もう人生の目標は失われるのではないか」

「あとは殺伐とした荒野が広がっているだけではないのか」

「その風景に自分は耐えることができるのであろうか」

登美彦氏はそんなことを思い、絶望することを覚悟しながら対談にのぞんだ。

さんざん憧れていた人が、自分と同じ座敷にいるというのは不思議なものである。まるで空間が本上まなみさんを中心にして、ぐにゃりと歪《ゆが》んだような印象を登美彦氏は受けた。本上まなみさんの存在を疑うのは悪いが、なにやら嘘くさい。そこにいる本上まなみさんは本上まなみさんなのか、自分の妄想ではないのか、そもそもこうやって東京へ来ているということが妄想ではないのか、いや、さらにさかのぼって、こんな立場に自分が立つことができているということが妄想ではないのか——

けれども、いちおう対談になった。

はじめのうちは非現実的で胡散臭《うさんくさ》いと思われていた状況も、じっと座敷に座っているうちに、なんとなく払拭《ふっしょく》されてきたようである。ただ、会えて嬉しい人に会ったからといって、ぺらぺら喋ることができるわけではない。なにしろ登美彦氏は本上まなみさんをテレビや写真でしか見たことがないのである。その当時、登美彦氏と本上まなみさんとの間に会話はなかった。そこに会話があったら、登美彦氏は困った人である。

対面して話すということを想定していなかった人とお話をする。それだけでも難しいことなのに、座敷の隅では大勢の関係者たちが、言葉に詰まる登美彦氏の様子を何やらジッとうかがっているらしいのである。「むしろ言葉に詰まるほうが対談としてはオモチロイ」と考えている節さえある。

したがって、登美彦氏はあんまり喋らなかった。対談を成立させたのは本上まなみさんであって、登美彦氏は彼女の投げてくれるボールを投げ返していたのみである。

「彼女はやはり美しい人であった」

登美彦氏は後にそんなことを言ったが、登美彦氏が本上まなみさんの顔をちゃんと見たのかどうかは疑わしい。恥ずかしくて、まともに見ることができなかったであろうと関係者は述べている。

登美彦氏がちゃんと喋ることができるようになったのは、対談や写真撮影が終わった後であった。

彼は手帳を広げ、「へもくてもいい、たくましく育ってほしい」という言葉とともに黄金のサインをもらった。「へもくていいんだ。そして、たくましく育っていこう」と登美彦氏は決意をあらたにした。そして本上まなみさんの持っている自著に、「森見登美彦」と何のへんてつもないサインをした。

そうやってサインのやりとりをしているとき、すなわち自分のサインが本上まなみさんのサインと等価交換されているとき、登美彦氏はあまりのありがたさに落涙しかけた。「森見登美彦＝本上まなみ」という等式を思い浮かべ、そんなことを夢想だにせずに四畳半の片隅に丸まっていた過去の自分に、「俺はここまで来たぞ」と手紙を書いてやりたくなった。「案外、ここは良いところだ。おまえも来い」

お茶を飲みながら登美彦氏は本上まなみさんと語った。

しみじみ語っていた登美彦氏の脳裏に「美女＝竹林」という式が浮かんだ。

「おおそうだ。美女と竹林！」

竹取物語の時代から、美女と竹林は切っても切れぬ関係にある。

美女は竹林であり、竹林は美女である。

本上まなみさんはほっそりとして背が高く、今にも竹林の間をすうっと滑るように抜けていきそうだ。そう考えだすと、もう「竹林をおいて、本上さんの居場所はあり得ない」と思われる。そんなわけはない。しかし、登美彦氏には鮮やかに見えた——風にざわめく洛西の竹林、葉の隙間から漏れてくる陽射し、青々とした竹の間を抜けていく彼女の姿。

「竹林を刈っているんです」

登美彦氏はふいに言った。

明らかに唐突だったので、本上まなみさんも答え方が分からない。

「職場の知り合いに竹林を借りて……手入れをしているんです」

なぜそんなことを喋っているのか分からない。

本上まなみさんは微笑んでいる。

登美彦氏がその時、何を企んでいたかということを暴露すれば、本上まなみさんが京都へ遊びに来たときに洛西の竹林へ足を延ばして貰おうということである。そうすればまさに「美女と竹林」が成立する、というのが登美彦氏の魂胆であった。たしかに竹を刈ってもらうのは無茶である。倒れてきた竹の下敷きになって本上まなみさんがぺしゃんこになったりすれば一大事だからだ。

しかしタケノコを一つ掘ってもらうぐらいならば、お願いできるのではなかろうか？

「タケノコ掘りに来ませんか？」という言葉が、喉もとまで出かかった。

ところがそこまで考えて、本上まなみさんが仕事と子育て真っ最中で多忙を極め、とうてい暢気《のんき》にタケノコ掘りに京都くんだりまで来ている場合ではないことを思い出した。そんな無理を言うほど、登美彦氏は無遠慮ではなかった。しかしそこへ話を持って行くために口火を切ったのに、話し始めた途端に持って行きどころを見失ったので、登美彦氏は慌てた。

しどろもどろに喋っても、自分がなぜ唐突に「竹林」の話を始めたのか、それらしい理由をつけることができない。落ちが出てこない。これはたいへん苦しい状況である。話せば話すほど、自分が意味不明のことを唐突に喋りだすヘンテコ野郎だという思いは増し、本上まなみさんが怪訝な顔をしているような気がしてならなくなってきた。

登美彦氏はついに諦めた。

「竹林は、いいですよ」

無理矢理、話を締めくくった。「竹林が、好きなんです」

「竹林は遠きに在りて想うもの」

竹林は遠きに在りて想うもの――

回を追うごとに、当連載の趣旨が変わっていくのは嘆かわしい。かつて竹林との蜜月を描くことを想定して始められた連載は、いつの間にか竹林との悲劇的別離を描く連載へと、その様相を変えてきた。「サヨナラだけが人生だ」と偉い人が言った。

これは「別離」の物語である。

登美彦氏は、「言い訳ばかりして、竹林の整備という重要な任務を果たそうとしない」という批判をしばしば受ける。けれども、彼ばかりを責めるのは無茶である。非人道的である。

登美彦氏は美しい竹林のことを考えると同時に、本業のことも考えなくてはならないし、また締切のことも考えなくてはならない。二足の草鞋《わらじ》を履くという言葉があるけれども、竹林経営を含めると登美彦氏は三足の草鞋を履いていることになる。二〇〇七年が進むうちに登美彦氏の限界は早々と明らかになり、二足の草鞋を履くのが精一杯、残りの一足まで気が回らないことが明らかになった。

根本的な原因は、登美彦氏が自分の能力の見積もりを誤り、編集者の人たちとつい約束をしてしまうことにある。これはもう明らかなことだ。

なぜ、そんなことをするのか。

「喜ぶ顔が見たいからだ！」と登美彦氏は言っている。

登美彦氏は聖人君子だから「約束」というものは守るためにあると考える。約束してしまったかぎりはそれらを果たそうとする。

かくして洛西の竹林は淋しげに揺れながら登美彦氏の到着を待ち続け、一方、森見・八方美人・登美彦氏は貴重な週末を机上で過ごし続ける。働く人々はこの恐るべき事実をいやというほど味わっているはずである——週末は、一カ月に四回しか来ない。そして実にしばしば、その週末は予想外の用事で潰れてしまう。

こんな状況下で、いかにして竹林へ辿りつけるだろう。

まさに、竹林は遠きに在りて想うもの。

○

春の近づく三月――。

登美彦氏はできそうもない締切に追われる一方、新たに出版してもらった『新釈走れメロス他四篇』の取材のために東京へ出かけたりした。これは『夜は短し歩けよ乙女』に続く、登美彦氏の五冊目の子どもである。

子どもたちが読者と出会ってから後は、彼ら自身が活躍すべき領域であって、親である登美彦氏が口出しすべきではない。知らんぷりをする必要がある。だが、大勢の人の手を借りて生まれた子どもが、より活躍できるように助太刀するのは親の役目だ。したがって登美彦氏は、取材を受けたりサイン会をしたりすることを、子どもたちを世の中へ旅立たせる準備、「義務教育を受けさせる」ようなものだと諦めている。

「諦めている」と書いたのは、氏が取材を受けたりサイン会などをしても、あんまり面白いことは起こらないからである。氏のなけなしの才覚は机上のみで発揮されるものである。当意即妙の受け答えや、読者の好感度増大に役立つ絶妙のサービスなどは、氏の不得手とするところだ。だが、少しでも登美彦氏が部屋の外へ出て行けば、子どもたちが人目に触れる機会もまた増え、結果として子どもたちは上手に巣立って世の中へ出て行くことができる。

それでも、取材やサイン会で週末が潰れるのは、やはり登美彦氏にとって辛い。有名な「山の上ホテル」のゴージャスなお部屋に泊まらせてもらって、偽文豪ごっこにふける余裕もなくうつらうつらしながら竹林を想う登美彦氏の背には、子を持つ親の喜びと哀しみが漂っていた——だが、筆者は子を持つ親の喜びも哀しみも知らない。あくまで想像である。

翌日、登美彦氏は編集者の綿撫さんとともに、タクシーに乗っていた。タクシーはビルの谷間をすいすい滑るようにして、サイン会場となっている紀伊國屋書店へ向かっている。車窓から見える空は、小憎らしいほど青く、澄んでいる。風は冷たく乾いて、なんとなく切ない。竹林伐採にちょうど良い気候である。

「竹林日和ですよ」

登美彦氏は綿撫さんに言った。

「サイン会なんか止めて、竹林へ行きませんか？」

綿撫さんはダメだと言った。「そんなことをしたら、私がクビになります」

綿撫さんの張り巡らせた陰謀のため、登美彦氏は逃亡のきっかけを逃した。だが、逃げなくて良かった。サイン会の様子を本上まなみさんが眺めに来てくれたからである。いまだに登美彦氏は、このときのことを考えると、ふんわり幸せな心持ちになるという。

竹林には行けなかったが、美女には会えた。

登美彦氏はそれでよしとすることにした。再三述べているように、美女と竹林は等価交換の関係にあるからである。

○

「本当に才能のある人ならば、頭から湧き出ることに手が追いつかないはずだ」

登美彦氏は考えた。

「しかし俺はそういう風にならない。何も湧き出ないし、手が追いつかないことなどあった例《ためし》がない。むしろ手の方が先にゆく。だいぶ先へ行って待っている。これは才能がないということだ」

竹林を遠く想いながら机に向かい、ああでもないこうでもないと書き直しをしていると、だんだん元気が萎《な》えてくる。締切というものが、たいへん意地悪な妖怪に思えてくる。登美彦氏の脳裏では、いつの間にか「締切」が一つの具体的な形をもった妖怪として見えてきた。

その名を「締切次郎」というのである。

締切次郎は仁丹の匂いをぷんぷんさせている。小太りである。汗かきである。そして紐ネクタイをしている。身長は60センチメートルほどである。つぶらな瞳をしている。そいつはつねに登美彦氏のかたわらにつきまとい、時には机の脚にぐいぐいと腹を押しつけながらフウフウ言う。登美彦氏が睨んでみせると、物も言わずにつぶらな瞳を潤ませる。まさに「踏みつぶしてくれ」と言わんばかりのいまいましさである。

「締切次郎よ、おまえはいったい何者か。どこから来たのだ」

登美彦氏は言ってみた。

「帰れ！」

けれども締切次郎は机の脚にしがみついて、「いやいや」をする。何も言わずに、謎を秘めたつぶらな瞳で登美彦氏を見返し続ける。汗に濡れたその顔は、明らかにおっさんである。ちなみに、謎の多い締切次郎の一番の謎は、「お兄さんの締切太郎はどこにいるのか」ということだ。

「締切はトモダチ、こわくない」

登美彦氏はぶつぶつ呟いてみた。

その昔、『キャプテン翼』というマンガが流行《はや》った。そのために、友人たちがサッカー好きになった。ふと周囲を見渡せば、猫も杓子も球を転がしているではないか。マンガの主人公が「ボールはトモダチ、こわくない！」と言うのを聞いた小学生の登美彦氏は、「なにを言ってやがる」と思った。登美彦氏はあの丸いやつらが怖くてしかたがなかったからだ。大きかろうと小さかろうとボールは憎むべき敵であった。あんなエエカゲンな、次の瞬間にはどこへ転がるかも分からないようなものを弄《もてあそ》ぶことをナゼ強要されるのか分からなかった。「ソフトボールやサッカーやドッジボールをさせる先生たちは残らずくたばるがよい」と思っていた。だから登美彦氏は『キャプテン翼』に好感を持っていない。まことに勝手な事情である。

だが今、登美彦氏は呟く。

「締切はトモダチ、こわくない」

嘘をつけ。

竹林へ出かけられないままに、やがて四月に入った。通勤電車の車窓からは、街中でちらほらと咲き始める桜が見られるようになった。春到来である。

同僚の鍵屋さんが京都新聞（四月三日付）の記事を教えてくれた。

京都大学の桂キャンパスにあるカフェでは、「かぐや姫セット」というカレーが売られているという。桂の竹林にちなんで、食器は竹製、カレーの具としてタケノコが入っている。京都大学総長がインタビューに答えていた。「キャンパス周辺は竹で知られるが、竹林は手入れを怠ると災害の元になる。竹の有効利用を考えるきっかけにしてもらいたい」

竹の有効利用！

登美彦氏は竹の有効利用について色々なことを考えてみたが、今のところ、氏が実践している最も有効な利用方法とは、こうして竹林伐採を題材にして文章を書くことぐらいだと思った。ところが、実際には伐採していないのである。

「無念！」

せめてもの罪滅ぼしに「かぐや姫セット」を食べに出かけて、有効に利用された竹林の味を嚙みしめるべきか、いやそれは竹林の味ではなくタケノコの味ではないか、いやむしろカレーの味だろう、とあれこれ思案しているところへ、矢文が舞いこんだ。

「『夜は短し歩けよ乙女』を、山本周五郎《やまもとしゅうごろう》賞の候補にしますよ」

「なんだか大変なことになったぞ」

登美彦氏は考えた。

あまりにも大変なことだから忘れることにした。

そうして過ごしているうちに、本屋大賞の授賞式があったので、登美彦氏はまた東京へ出かけた。受賞作は『一瞬の風になれ』であり、著者は佐藤多佳子《さとうたかこ》氏である。

恥ずかしがりで人見知りの激しい登美彦氏は、佐藤氏に「おめでとうございます」を言いそこねた。リリー・フランキー氏の背中を眺めながら、何も言うことが思いつかなかったので、「『女子の生きざま』を持ってくればよかった！」と考えた。しかし万城目学《まきめまなぶ》氏には会うことができたので、とりあえず登美彦氏は相手の頬に一撃を加えて逃げ出した。出会い頭に殴打して逃げるというのは、とんだ人見知りぶりである。登美彦氏は万城目氏と面識はなかったが、「あの男を殴れ」と魂が囁いたのだという。万城目氏は殴られながら、口を丸く開き、「うひょー」という顔をしていた。

（登美彦氏注：実際は万城目氏が某誌の私の特集においてコメントを寄せてくださり、そこに「殴ってください」と書かれていたから殴ったのである。万城目氏がパスを出してくれているのに知らぬふりをするわけにはいかなかった。常日頃から、初対面の人を殴ってまわっているわけではない。殴りたくても殴れない男である。くれぐれも誤解のないよう。）

授賞式が終わると、大勢の人が登美彦氏に会いにやってきたので、彼は頭がぐらぐらした。壁際に追いつめられたので、どこにも逃れることができず意識が朦朧《もうろう》とした。その喧噪の中で、静かに揺れる竹林のことを想った。

「そうだ。竹林へ帰ろう」

登美彦氏は呟いた。

しかし、京都へ帰ることができたあとも、登美彦氏と竹林の別離は続いた。東京から転勤してきた同期の歓迎会に参加したり、文房具の買い出しに出かけたりはするけれども、一日かけて竹林征伐に出かける余裕は生まれなかったのである。締切次郎と差し向かいの不快な蜜月が続いた。

さすがに温厚な登美彦氏も、腹にすえかねた。

○

四月が瞬く間に去った。五月にはゴールデンウィークがある。

登美彦氏が学生稼業から足を洗って以来、三回目のゴールデンウィークである。世間一般がお休みになって浮かれている時も、登美彦氏は机に向かっている。登美彦氏には野望があった。夏に出版される予定の作品を一気に仕上げようという野望である。その作品は狸たちが活躍するお話であったので、「毛深い子」と呼ばれていた。

そのゴールデンウィーク、登美彦氏が出かけたところは六角堂《ろっかくどう》のみであった。彼は六角堂にて境内のベンチに座ったり、わらべ地蔵を眺めて心の慰めとした。そして作品の完成を目指して、一心に頑張るのであった。

しかし予定は狂うものである。

それはもう、呆れるほど狂うものである。

黄金と呼ばれる一週間は、想像していたほどの成果を登美彦氏にもたらさなかった。それどころか、「毛深い子」ばかりに気を取られていたために、ゴールデンウィークが明けるとよけいに忙しくなる羽目に陥った。この現象は「ゴールデンウィークの負の遺産」と呼ばれる。

登美彦氏は己の自己管理能力のなさを嘆き、締切次郎を蹴り飛ばした。締切次郎はぴいぴい言いながら逃げまわったが、それでも決して部屋から出て行こうとはしない。そのつぶらな瞳で登美彦氏を見すえたまま、約束の分量が溜まるのをジッと辛抱強く待っている。

ゴールデンウィークの負の遺産に苦しみながら、登美彦氏は五月の前半を過ごした。

街には新緑がむくむくと盛り上がって、爽やかな風が吹いている。登美彦氏は新緑が何よりも好きなので、どこにも出かけられないのは無念なことであった。何よりも竹林へ出かけられないことは、登美彦氏を切ない気持ちにさせた——戦友の明石氏と出かけて以来、どれほどの歳月が流れたことか。「竹林は俺が来るのをいつまでも待っているであろう。哀れな竹林よ、ふがいない俺を許してくれ」

五月十五日。

苦悶している登美彦氏のところへ、矢文が飛来した。

「『夜は短し歩けよ乙女』が山本周五郎賞に決まりましたよ」

「うひゃ！」

登美彦氏は驚いた。「我が娘がえらいことに」

職場で知らせを受け取った登美彦氏は、あたふたと京都へ戻ってきた。ホテルから電話で記者会見をしろと言われていたが、ついにホテルまで辿り着くことができなかった。京都駅では髭を生やした編集者がムーンと待っており、「どうにも間に合いません」と言った。

「申し訳ありませんが、携帯電話でお答え頂くということで」

「はいはい」

携帯電話を渡されて「記者会見」と言われても、なんだかよく分からないものである。

ホテルグランヴィアのロビーにて、登美彦氏はソファに座り、電話に出た。どうやら電話の向こうは東京へ通じているらしい。そこには登美彦氏に取材をしようという人たちが大勢いるらしい。けれども姿は見えない。記者会見場がどんな場所かも分からない。

「本当にこれは記者会見なのだろうか？」と登美彦氏は思った。「騙されているのではないか？」

現実感のないまま、登美彦氏は聞かれることに答えていった。

やがて司会者が「編集者の方も大勢来られているようですが」と会場へ呼びかけているのが聞こえた。「どなたか、森見さんにお祝いの言葉のある方はいらっしゃいますか？」

一人の編集者がマイクを握ったらしい。

「森見さん、おめでとうございます」

「ありがとうございます」

「……今月の締切も是非宜しく」

「うぬ！」

気が付けば締切次郎が、ソファの前に投げ出した登美彦氏の足にからみついているではないか。

「誰もが俺と竹林の仲を引き裂くつもりなのだ！」と登美彦氏は憤然とした。そして締切次郎を蹴り飛ばしてから、電話を切った。

その後登美彦氏はホテルへ行き、新聞の取材に答え、花束をもらい、お祝いの宴へ出かけた。わいわいとお酒を飲むうちに、友人や家族から電話やメールが届いた。登美彦氏はぼんやりしながら、賑やかにお酒を飲んでいる編集者の人たちを見物した。やがて、受賞の知らせを聞くや否や新幹線に飛び乗って、遠路はるばるやってきた編集者の人たちが合流してきた。

ほかの客たちが帰ったあとも、宴は続いた。

深夜になって住まいへ戻った登美彦氏は、あんまり驚いたので疲れていた。祭りのあとの淋しさが、竹林のように静かな部屋に漂っていた。

「そうだ、竹林へ行こう。負けていられない」

登美彦氏は考えた。「本当に、俺は竹林へ行くのだ」

だが、竹林伐採はただでさえ進んでいない。一人では焼け石に水である。明石氏の力を借りようにも、彼は迫り来る司法試験に対峙《たいじ》して毎日唸って暮らしているので、竹林に誘い出すことはできない。

「やむを得ぬ。ついに、彼らの力を借りる時が来た」

登美彦氏は援軍を要請することを決めた。

担当編集者の人々である。

「竹林へ立ち向かう四人の男」

締切次郎の襲来、予想外のオメデタ、自己管理能力の欠如によって、森見登美彦氏の竹林伐採事業は暗礁に乗り上げていた。名誉は大文字山の斜面を転げ落ちるように失墜、モリミ・バンブー・カンパニー設立の夢は遠のく。たび重なる竹林との悲劇的別離はついに創作意欲の減退を招いた。

「このままでは何も書けない！」

作家としてあるまじき弱音を洩《も》らす登美彦氏の卑劣ぶりについてはひとまず措《お》くとして、涙ながらの要請を受けた編集者一行は五月某日東京を発った。

己が誇りの保全に汲々《きゆうきゆう》とする登美彦氏が編集者の助力を得て汚名返上を図る一方、編集者諸氏は彼ら自身の手で竹林を切り開き、本来の趣旨から果てしなく逸脱しつつある当連載の軌道修正を狙う。期するところは異なるものの利害の一致した彼らは、ともに洛西の竹林へ立ち向かった。

彼らを待ちうけるものは栄光の未来か、それとも破滅の罠か——

○

五月某日、雨雲が空を覆った。登美彦氏は初めて鱸氏が視察に来た日を思い起こした。あの日も京都は雨だった。

午前十時に登美彦氏は阪急桂駅改札に到着した。鱸氏が改札の外で待っている。

「このたびは受賞、おめでとうございます」

鱸氏は言った。

登美彦氏は山本周五郎賞というものをもらったのである。

鱸氏のかたわらには、たいへん男前の若者が立っていた。初対面である。竹林伐採にそなえて身をやつしてはいるものの、押し隠しきれない爽やかさがしたたり落ちて駅舎の床を濡らした。鱸氏と大口氏の企みによって貧乏くじを引かされた彼は、その名を海苔本《のりもと》氏という。もっとも、竹林伐採には体力がいるのだから、健康な若者が貧乏くじを引くことは、登美彦氏にとってありがたい。

「わざわざ遠いところをありがとうございます。今日は宜しくお願いします」

「やります。まかせてください」

海苔本氏は貧乏くじを引かされたとは思えないほど爽やかに笑った。

彼らは桂駅前からタクシーに乗りこんだ。

雲行きがたいへん怪しいので、登美彦氏はタクシーの車窓から桂の空を眺めてやきもきした。

「これだけの手勢を揃えて、竹林へ到着するなり雨が降りだしたら目も当てられないなあ」

竹林の近所にある公園でタクシーを降りると、大口氏がカメラマンと一緒に待っていた。その日は雑誌に掲載する写真の撮影があったのである。

カメラマンは公園のあちこちで登美彦氏に色々な恰好をさせた。空模様への不安は募る一方であるうえに、登美彦氏は写真を撮られるのが苦手である。かつて内田《うちだ》百鬼園《ひゃっきえん》先生は「写真と云ふものは横暴である」と言ったという。ベンチに座ってボンヤリしたり、草の上に立ってボンヤリしている登美彦氏を、カメラマンは容赦なく撮っていった。登美彦氏は誇りは高いが意志が弱いので、カメラマンに「こんな感じで」と言われると、ついフワフワと流される。

「このままでは、いずれ脱がされてもおかしくない」と登美彦氏は心配した。「この無駄肉を極限までそぎ落とした肉体美を満天下にさらすなど許されない！　あまつさえ写真集を出すなど！」

とりあえず公園では脱がされなかった。

撮影が終了してから、一行は竹林へ向かった。登美彦氏は竹林との再会を喜んだけれども、盟友・明石氏とともにあれだけ男らしくノコギリをふるったにもかかわらず、荒れた竹林は相変わらずその荒れっぷりを登美彦氏へ見せつけて、いやに得意げであった。

「これは……」

編集者一行は啞然《あぜん》として竹林を眺めた。

登美彦氏があれだけ「刈った」「刈った」と書きながら、荒れたままであることに呆れているのだ。しかし、竹林を刈る苦しみは竹林を刈る者だけが知る。たまに来て眺めるだけでは、その慎ましくも堅実な仕事ぶりを見て取れるはずがない。これは登美彦氏の名誉のために付け加えておかねばならない。

「ほら、ここ。ここは少しきれいになっているのですよ！　ほら、ここをご覧下さい」

登美彦氏はそんなことを主張して、鍵屋家の目を欺くために特に念入りに刈った箇所を指したが、編集者たちは信じようとしない。

「ぜんぶ森見さんの妄想だったのではないのですか？　本当に刈ったのですか？」

と鱸氏が言った。

「刈りましたよ！」

かすかに陽の射しこむ竹林の中、カメラマンは優雅に微笑む登美彦氏を撮影した。しばらくして彼は「ＯＫです」と言った。

登美彦氏は色っぽさを要求されなかったので、「おや」と拍子抜けした。

「脱がなくていいんですか？」

「いいです」

○

竹林伐採を主な任務とする「竹林バスターズ」という人々がいるという。ちらりと耳にしただけなので、登美彦氏は実際の彼らについて何も知らない。ふわふわと想像をふくらました。

「泣く子も黙る竹林バスターズは、恐るべき特殊技能をもった四人の男たちから成るのだ」

これはもう、たしかなことである。

荒くれ者たちを指揮する「柳生竹左右衛門《やぎゅうたけざえもん》」は、柳生の里を追われた覆面剣士であり、先祖伝来の名刀をふるって竹林を刈る。どこかの誰かの有名な技にインスパイアされたという「満月殺法」は、刀をふるうことで人工的な鎌鼬《かまいたち》を生ぜしめ、刀身を触れずに孟宗竹《もうそうちく》を切り落とす大技である。満月殺法を使いこなすことは彼ほどの達人であっても難しいから、「ここぞ」というときにしか使わない。したがって、たいていは地道に刈っている。彼が里を追われたのは、満月殺法の修業中に許嫁《いいなずけ》に大怪我を負わせたからだとも言われる。彼が誰にも素顔を見せないのは、その事故の際に自身の顔を切り裂いたからだという。

チェーンソーをふるって竹林を丸裸にする大坊主「洛北チェーンソー」は、京都大原における歴史的な大勝負のすえ、柳生竹左右衛門の腹心となった。電力と膂《りょ》力《りょく》にものを言わせる残虐無比な刈り方では他の追随を許さないが、勢いあまって竹林を丸裸にする悪い癖があり、柳生竹左右衛門からしばしば叱責を受ける。叱られると泣きべそをかいて謝る。戦闘時にはその禿頭から濛々《もうもう》と湯気を上げるため、「竹林蒸気」という異名も持つ。脳天から湯気を立てて絶叫しつつチェーンソーを振りまわす姿は殺人鬼以外の何ものでもないが、柴犬と子どもにはたいへん優しい。金平糖《こんぺいとう》が好物である。

洛北チェーンソーの従弟《いとこ》「伊賀」は、チェーンソーに誘われて竹林バスターズに加わった。伊賀の里とは縁もゆかりもないが、我流の忍者修業を重ねたすえ、もう何をどうしていいのか分からなくなって途方に暮れている十六歳である。全身に武器を隠しているが、記憶力が不安になった老人のようにどこに何があるか忘れてしまうので、しばしばウッカリ自分を傷つける。それゆえに怪我の治療法に詳しく、竹林バスターズの救急箱としての役目を果たす。竹林伐採時にはクサリ鎌を愛用するが、たいてい失敗している。孟宗竹に刺さって抜けなくなったクサリ鎌をウンウン引っ張る際に見せる愛嬌ある仕草によって、竹林バスターズのマスコット的存在となり、女子高生のファンも多い。

竹林伐採中に彼ら三人と知り合って仲間に加わった「蚊取」は、竹林バスターズ随一の頭脳を持ち、ともすれば膂力に頼りがちな他のメンバーを陰で支える男である。竹林伐採の計画は、主として彼が立てている。伐採計画のほかに、弁当や飲み物の調達、交通費の計算、宿泊地の予約などをすべてこなす。その名前の由来は、彼が奥歯を嚙みしめて出す特殊な波長の音によって藪蚊を追い払えるからである。とくに夏場の竹林伐採では、彼の存在が欠かせない。

まさに竹林伐採のために生まれてきた男たちだ。

どれだけ荒れ果てた竹林であっても、彼らは一日で伐採する。日本刀・チェーンソー・クサリ鎌など、ほぼ全員が危険な武器を振り回すので、たがいに近寄ることはできない。竹林伐採時には適度な距離を保つことが重要だという。

「さもないと命はない」と柳生竹左右衛門は仮面の下で笑う。

荒れた手強い竹林を探して日本全国を旅する、四匹のサムライ。竹林を伐採しようという彼らの熱い情熱に水をさせる者はいない。近々、彼らを主人公にした大作映画が作られるという噂もある。もちろん製作には「モリミ・バンブー・カンパニー」も一枚嚙んでいるはずだ。

「負けてられないぞ、諸君！」

登美彦氏は言った。「武器を揃えなければ」

一行は近所のホームセンターへ買い出しに出かけた。

○

登美彦氏の仲間には、「奥歯を鳴らして蚊を追い払う」という特技のある人間がいなかったので、彼らはまずホームセンターで蚊よけスプレーを買った。それから出版社の財力にものを言わせて、竹を刈るのによさそうなノコギリをたくさん買った。登美彦氏はホームセンターの入り口で悠然と煙草を吸った。「成功間違いなし」といい気になっていたのである。

「これで竹林に勝利したも同然ですね」

大口氏も言った。

彼らは武器を揃えて竹林へ向かったが、歩いている途中で雨がぽつぽつ降りだした。

「おやおや」

登美彦氏が呟いていると、雨は次第に激しくなる。飛沫《しぶき》で路面が煙っている。

「ひゃあああ！」

彼らは慌てて駆けだし、竹林のそばにある小さな寺に駆けこんだ。

山門の下に身をひそめて、ハンカチで身体を拭っている彼らを、降りしきる雨の音と匂いが包んだ。彼らはペットボトルのお茶を飲みながら雨宿りした。肌に冷たい風がすうっと流れた。山門の内は人気《ひとけ》のない境内で、苔の生えた庭が見えている。

「これじゃダメじゃないですか。武器まで揃えて、この状況は情けない」と登美彦氏は怒った。

「しばらく待てば止みますって」

鱸氏が気休めを言った。

大口氏が登美彦氏にソッと耳打ちしたところでは、鱸氏はたいへんな雨男であるということであった。先日も何日間かにわたって引っ越しをしたのだが、荷物を運びだそうとするたびに雨が降ったという。

「大事な日に雨を降らすなんて、鱸さんはひどい。それほど、この連載を妨害したいのですか。私の名誉なんかそっちのけですか」

「違いますよ。僕は雨男なんかではない」

「鱸さんが帰れば雨も止むのではないですか」

登美彦氏は言った。「帰ればいいのに」

「なんてひどいことを言うんですか！」

登美彦氏はそうやって鱸氏を非難しながら、雨が止むのを待っていた。

「嘆かわしい！　嘆かわしい！」

そんなことを言っているうちに、少し空が明るくなってきた。

「ほらね！」

鱸氏は嫌疑が晴れたような顔をした。

雨脚が弱まったのを見はからい、彼らは山門を出て竹林へ歩いていった。竹林は雨が葉を打つ微《かす》かな音に包まれている。葉の隙間から降る雨粒が身体を濡らしたが、竹林を刈ろうとする彼らの情熱に水をさすことはできなかった。

竹林は刈るべし、連載は続けるべし、登美彦氏の名誉は死守すべし。

経験者とはいえ登美彦氏にも教えるほどの知識はない。竹を刈る手法はそれぞれが自分で身につけていくほかないのである。

「人から教えてもらおうなどという、甘ったれた了見は捨ててください」

登美彦氏はぶつぶつ言った。

編集者たちはノコギリを持って竹林に散った。

ぎこちないノコギリの音が、あちこちから聞こえだし、登美彦氏は満足した。

そして、黙々と作業をしている場面については、残念ながら何も書くことはないのだった。

登美彦氏はときどき竹を刈るのをさぼって竹林から出た。そうして煙草を吸って休憩した。竹林へ戻っていくと、編集者の人たちは作業に精を出している。

「たとえ私が煙草を吸っていても、竹林伐採は着々と進んでいくのだ。素晴らしいことだなあ」

登美彦氏は感動した。「このまま帰ってしまおうかしらん」

林道に面したところでは鱸氏がコツコツと働いており、その奥では海苔本氏が威勢良く動きまわっており、さらに奥のよく見えないあたりでは大口氏がうごうごしている。みんな口をきかない。いったん仕事を始めると、清談に走ることもなく黙々と作業を続ける編集者の人々は、少なくとも登美彦氏よりは立派であった。というよりも、いつの間にか竹林伐採の魔力が彼らのハートを鷲掴《わしづか》みにしていたのだ。

時刻は午後一時となった。

雨に濡れて働いているためか、疲れが早く溜まる。

登美彦氏は「みなさん、お疲れでしょう」と言った。「そろそろ休憩しませんか」

編集者たちはまだ刈る気満々であったが、軟弱な登美彦氏が弱音を吐くのを見かねて、休憩を取ることに決まった。竹林伐採を一時切り上げて、食べ物屋を求めて竹林からさまよい出、国道に面したステーキハウスへ入った。

ステーキハウスに入ったのにはきちんとした理由がある。竹林を離れてもナイフで肉をギコギコすることによって身体がなまることを防止し、なおかつタンパク質を大量に摂取することによって筋肉を作り、午後からの作業にそなえるのである。彼らは任務に忠実であろうとしたに過ぎず、決して分厚いステーキに目がないわけではない。

彼らは肉をギコギコしながら、ステーキハウスの安さに感心した。珈琲が一杯100円であり、ごはんもスープもお代わりし放題である。

「これが桂の物価ですか。なんと言いますか、パラダイスですね」と大口氏が言った。

「力仕事の後の飯はやはりウマいなあ」と鱸氏が言った。

海苔本氏は爽やかに微笑みつつ、ガガガッと喰う。

大きなステーキで肉欲を満たし、彼らは窓辺の席でぬくぬくとまどろんだ。腹がふくれたうえに、雨に濡れて冷えた身体が温まり、たいへん心地よかった。登美彦氏は竹林を愛するものだが、その時ばかりは「もうしばらくここでぬくぬくとしていてもよい」と思った。「いっそこのまま帰ってもよい」

彼らは珈琲をお代わりして、なかなか椅子から立ち上がらない。

鱸氏が何か締切を増やす話をしたので、登美彦氏は眠ったふりをした。

○

ステーキハウスで時間を潰すうちに雨はすっかり上がって、雲間から光が射してきた。空気はひんやりと肌に心地よく、ようするに竹林伐採にふさわしい気候である。タンパク質と休憩をタップリとって元気を回復した彼らはふたたび竹林へ挑み、作業は午後五時まで続いた。

黙々と竹林を刈り続ける四匹のサムライ。

静かな竹林にはノコギリの音だけが響き、よけいな会話はない。刈れば刈るほど夢中になる。一本、また一本、「刈ってください」と竹が呼ぶ。竹林伐採は病みつきになる味である。竹林まで出かけてくるのが億劫なのであり、ひとたび竹林へ分け入ってしまえば、今度は外へ出られなくなる。太宰治《だざいおさむ》言うところの、「おいでおいでのデーモン」に喰われてしまう。

各人は個別に竹と向かい合っているけれども、同志の心はつねにつながっている。

「これもまた、竹林伐採の素晴らしいところである」と登美彦氏は述べる。

登美彦氏が一心不乱に竹を切っていると、藪の向こうでザザザーと砂が崩れるような音がして、立派な竹が一本、ゆっくりと倒れていく。切り倒したのは大口氏である。

「大口氏、頑張っているな」と登美彦氏は心の中でエールを送る。

大口氏の活躍に力づけられて登美彦氏が大きな竹を切り倒すと、竹林のあちこちから小さな歓声が聞こえてくる。少し得意になる。鱸氏が遠くから「やりましたねえ」と言う。そして彼らはまた自分の目前にある竹へ立ち向かうのである。ときには「あのこんぐらがっている竹をなんとかしたい」と、二人の意見が一致する。そうすると一時的な協力態勢ができ、二人で一本の竹を倒すことになる。

男たちの理想的関係とはこれである。

竹林伐採の醍醐味とはこれである。

単純な肉体作業は、脳味噌の洗濯。竹を刈るにつれて、心が澄んでくるように思われた。

編集者たちも、登美彦氏も、竹林伐採に没頭した。

午後五時には、伐採された竹が山のように積み上げられ、あれほど鬱蒼としていた竹林がようやく少しは整ってきたように見えた。

◯

竹林伐採の素晴らしさに目覚めた編集者たちはまだ腕が鳴るようであったが、登美彦氏がまず疲労の極みに達した。あとでやってくる筋肉痛も怖い。

彼らはほどほどにして切り上げることにした。

四条烏丸《からすま》近くの台湾料理店にて、彼らは己たちの竹林伐採技術を讃え合い、そしてよく冷えた麦酒を飲んだ。ふだんは酒を苦手とする登美彦氏も、こういうときばかりは麦酒を飲まざるを得ない。ここで冷えた麦酒を飲まないのは、さすがに人生の喜びを失うことになる。

「これですよ。これのために、飲みものを我慢していたんですよ」

編集者たちは嬉しそうに言いながら、麦酒をごくごく飲む。

竹林伐採のあとのよく冷えた麦酒。これもまた竹林伐採の醍醐味である。

「いいもんですね」と鱸氏が言った。

「また、やりましょう」と大口氏が言った。

「また、来ます」と海苔本氏が言った。

「それでは皆さん、よろしくお願い致します」

登美彦氏は嬉しそうに言った。

ようするに他人頼みである。という批判は受け付けないということである。

「登美彦氏の夏'07」

二〇〇七年の春から夏にかけて、登美彦氏はもみくちゃにされていた。

登美彦氏は二十八年前のことを想った。とりあえず居心地のいい〈暗い部屋〉から、この世へ引っ張り出された当時のことである。

「あの頃も俺はもみくちゃにされていたっけ……」

登美彦氏は、父方、母方、ともに初孫であったから、生涯最初の数年は両家の愛情を一身に浴びて育った。あまりに太っていたので、「ぶうぶうパンダ」と呼ばれた登美彦坊やの行くところ可ならざるはなかった。両家の可処分所得は（常識の範囲内において）登美彦坊やのために遣われたそうである。父母はめろめろである。祖父母は輪をかけてめろめろである。まだ結婚していなかった叔母は登美彦坊やの命じるままにおむつを換え、絵本を読み聞かせ、紙で犬の尻尾を作って「お犬様ごっこ」に付き合った。当時の登美彦氏は首輪でテーブルにつながれた犬になるのが好きであったからだ。

首輪で拘束されながら藤原道長《ふじわらのみちなが》ばりに我が世の春を謳歌した登美彦坊やであったが、妹や弟やいとこたちが誕生する頃になると、さすがに自分の「全盛期」が過ぎ去ったことを知った。愛を注ぐべき対象が増えれば、滾々と湧き出る両家の愛情のうち、登美彦氏の取り分は減る。

生まれたばかりの赤ん坊たちのほうがふわふわであり、可愛い。

登美彦氏はあぶあぶ言っている妹や弟のほっぺたをつついた。「チクショウ、こいつは可愛い。完璧に白旗である」と思ったかもしれない。「お兄ちゃんなのだから」という自制も働いたろう。

「余の時代は過ぎにけり。さらば黄金時代！」

登美彦氏は黄金時代に別れを告げた。

その後、長らく黄金時代は来なかった。

ともかく、登美彦氏は幸せに暮らしながらも目立たずに勉強し、目立たずに学園祭の準備をし、目立たずに大学へ入り、目立たずに留年し、目立たずに失恋し、目立たずに卒業した。

念願叶って文章を本にしてもらえたあとも、騒がしい表舞台に出て行くことは、ほとんどなかった。むろん、新人賞をもらったときは華やかなところへ連れ出されたけれども、登美彦氏は「これが俺の絶頂期だ。この華やかな想い出を胸に刻んで後半生を乗り切ろう」と考えた。

これは本当のことである。

だが、状況が変わってきたのは今年に入ってからである。

たいていの出来事については蚊帳《かや》の外に己の立ち位置を見いだし、「傍観者」たることを自認してきた登美彦氏が、なぜか光の当たるところへ出ることになった。

その年の六月、登美彦氏は大きな賞をもらうことになった。授賞式では著名な作家の人たちの前で恐縮し、己の受賞スピーチのあまりのひどさに嫌気がさし、ゴージャスな授賞パーティ会場において己の居場所を見失った。テーブルの下に隠れようとしたが、隠れよう隠れようとしている間に会ったこともないぐらい大勢の人たちが登美彦氏のところへやってきて、おびただしい名刺を渡して、去っていった。名刺を受け取っているうちにパーティは終わっていた。

吸血鬼ドラキュラが日光を浴びれば灰になるように、登美彦氏に表舞台の光は眩しすぎた。ようやく一切の騒ぎがおさまって、穴蔵のような自宅へ引きこもることができたとき、登美彦氏は祭りのあとの静けさの中でポカンとしていた。

淋しいような気もしたし、ホッとしてもいた。

「これが俺の二度目の黄金時代であったか」

登美彦氏は呟いた。「しかし、それも終わったのだ」

そのような状況下では竹林へ行くことはできない。

そして、一切の騒動と締切に幕が下りたとき、季節はすでに夏であった。

竹林は藪蚊に占拠されたので、登美彦氏は竹林伐採を断念した。

二〇〇七年の夏は、永遠に終わりが来ないのではないかと思われるほど長かった。

しかし、その長い夏の間に、登美彦氏が一度も竹林へ近づかなかったというわけではない。

○

きっかけは富士井《ふじい》という友人からの電話であった。

富士井氏は登美彦氏よりも一年早く大学に入り、登美彦氏が留年して泣きべそをかいて四畳半を這《は》い回っている頃には、すでに立派な社会人であった。

富士井氏はくっきりした顔立ちをしており、見ようによっては男前だが、見ようによっては男前でないという、騙し絵みたいな人である。目玉がたいへん大きいので、登美彦氏は彼と見つめ合うと空間が歪むような気がして、たいてい乗り物酔いをした。くわえて富士井氏はたいへん真面目であり、その真面目ぶりの度が過ぎてかえって真面目に見えないことがあった。

富士井氏は登美彦氏の中学以来の友人であり、彼らの付き合いは十六年に及ぶ。にもかかわらず、富士井氏は登美彦氏がこの地球上でもっとも冷たくあしらう存在として知られている。それは中学一年一学期からの腐れ縁であり、かつては黒板消しで殴り合ったことがあるという微笑ましい過去のためかもしれない。富士井氏は登美彦氏に自分のことを「親友」と呼ばせたがるが、登美彦氏は断固として「親友」と呼ぶことを拒否している。

彼らの腐れ縁は、どんなに登美彦氏が冷たくあしらっても決してへこたれずに食らいついてくる富士井氏の不屈の精神に拠《よ》っている。その溢れんばかりの友情に対し、登美彦氏は高飛車な深窓のご令嬢のような冷酷無惨な一瞥をもって対応した。たえず接触をはかろうとする富士井氏の地道な努力がなければ、彼らの縁は高校卒業と同時にバッサリ切れていただろう（彼らの出身校は中高一貫校であった）。

高校を卒業したあとも富士井氏は京都の大学に通っていたので、登美彦氏と会うことは容易なはずであった。しかしそうはいかなかった。

「高雄《たかお》へ遊びに行こうぜ」

富士井氏が言うと、登美彦氏は「いやだ」と言った。

「下宿に行っていいか？」と言われると、「来るな」と答えた。

これは一種の愛憎表現であった。

「一滴の憎しみが友情に深みをもたらす。アイスクリームに垂らした醤油のように！」

そう登美彦氏は述べている。

登美彦氏とそのような関係にある人物は、この世に富士井氏のみである。

二〇〇七年夏、富士井氏は大阪で働いていたが、登美彦氏の受賞の知らせを独自の情報網でキャッチするや即座に行動を起こした。彼は電話をかけてきて、「みんなで集まって祝いをしよう」と興奮して言った。「僕にまかせろ」

「うん、ええけど……」

「ちょっと待っててくれ。高校の連中に声をかけて、祝いの会を開催する。どこか店を借り切って、盛大にやるから覚悟しといてくれ」

富士井氏は電話を切った。

数時間後、彼は電話をかけてきた。

「すまん、森見君」と意気消沈した小さな声で言った。

「けっきょく、えーとな、集まれるのはな、僕とな、森見君とな、西河《にしかわ》君……」

「それで？」

「あとは、僕と、西河君、それと森見君」

つまり三人だけであった。

○

富士井氏につづいて、西河氏という人物が登場する。

西河氏も、登美彦氏とは中学校一年一学期からの付き合いであった。某有名企業に勤める彼は、登美彦氏の個人的定義における「ビジネスマン」であった。しかし、やっぱり変な人であるのは中学校時代から変わらなかった。北朝鮮という存在に対するよく分からない好奇心も妙であったし、中国留学から帰国したときのみやげの、火を点《つ》けると音楽が流れる毛沢東《もうたくとう》の写真が貼られたライターも妙であった。

西河氏も中学校時代は「真面目」で知られていたが、富士井氏とは「真面目」の質が異なっていた。富士井氏が真面目すぎたあげくに真面目の極北へ到達して何かべつのものへ変質するのに対し、西河氏の真面目は軽やかであった。我が道を行くという印象があり、さして親しくない人間であっても、どこかで一目置いていた。しかしながら西河氏の真面目さはあまりにも軽やかすぎ、ときには老獪《ろうかい》と言っていい要領の良さが垣間見えた。

「あいつは腹黒いからな！」と富士井氏は言う。

「富士井氏の指摘はおそらく正しい」と登美彦氏は言う。「しかし、腹黒いからといって評価が下がらないのが、西河氏の不思議なところでもある。そこにこそ、彼のたぐいまれな老獪さがある」

言うなれば、富士井氏も西河氏も、ちょっと歪んだ真面目であった。

そして世の中の真面目と呼ばれている中学生や高校生は、みんな歪んでいる。彼らは目立たないから、その歪みもまた、目立たない。登美彦氏にもそういう歪みはあったに違いないのだ。

これをまとめると、「人それぞれ」という当たり前な話になる。

富士井氏は知人が集まらなかったのでヤケクソになったのか、「女性同伴で集まろう」と言いだした。もちろん、世の中一般の風潮からして、三十に近い未婚の男性たちがそういう集いを持ったからといって、さほどヘンテコなことではない。

しかし登美彦氏はそういうことは苦手である。

しかし富士井氏はそういうことは熱心である。

登美彦氏は「好きにしてくれ」と言った。富士井氏は「武内《たけうち》さん」という知り合いの女性を連れて行くと言う。しかし、登美彦氏は諸事情によって一緒に行ってくれる女性がいなかった。彼にだって、いろいろと個人的な事情があるのだ。

後日、富士井氏が電話をかけてきて、「西河君が二人誘ってくるそうだ」と言った。

「分からんな。なんで彼にはそんなことが可能なの？」

「さあ。なにしろ老獪だからな」

富士井氏は「どこか行きたいところはないんか？」と言った。「そこに行こう」

「大原に行きたい」

「行ったことないんか？」

「うむ」

「なんじゃそれ。君は京都作家ではないのか？　あれは嘘か？」

「それを言うな。僕も気にしているのだ」

○

八月十九日、昼頃に京都市役所前に集まった彼らは車に分乗して高雄に出かけ、そこのレストランで食事をした。

「男性三人と女性三人が集い、京都を観光する」

こう書けば何か、こう、大学時代の登美彦氏が過剰に嫌悪した破廉恥な集いのような印象があるけれども、あんまりそんなことはなかった。じつに健康的であった。むしろ過酷であった。二〇〇七年八月十九日の京都の暑さというものを甘く見てはいけないのである。恋の火遊びなんぞに耽る余裕は誰にもない。そんなことをするまでもなく身体はカッカッと火照《ほて》っている。

彼らは汗みどろになりながら化野念仏寺《あだしのねんぶつじ》をうろついた。

化野というのは遠い平安京の昔から死者を葬ってきた地であるが、そんな由来も暑さをやわらげることはできない。おびただしく集められた無縁仏の石塔は陽炎《かげろう》の向こうにあり、人気の少ない境内には昼下がりの陽射しが照りつけて、蝉の声があちこちから聞こえてきた。女性陣は手拭いでそっと汗を拭いながら歩き、登美彦氏は言葉少なであった。なんとなく申し訳なかったのだ。なにもこんな真夏に、こんな墓地を男女そろってうごうごしなくても良いのに俺がワガママを言うたばっかりに……と反省をしながら、水子地蔵尊の参拝客の曲がった背中を眺めた。

「あっついなあ」

富士井氏は扇子をぱたぱたと扇《あお》いでバテ気味であった。目玉がぎろりとしていた。

「竹林がある」

登美彦氏はふと顔を上げ、本堂西の小径《こみち》を指した。

よく手入れされた竹林の間を抜けていく道であった。青々とした竹がひっそりと並んでいた。登美彦氏はその美しい竹林に見惚《みと》れながらも、桂にほったらかしにしてある竹林のことを考えて心を痛めた。

「こんな風にして中学時代からの友人が集まってくれる（二人だけど）のはありがたいけれども、俺にはもっとほかにやるべきことがあるのではないか。こうして美しい竹林を眺めて満足しているのではなく、己にまかされた竹林を美しくする義務があるのではないか。鍵屋家の人々は、俺に竹林の整備を任せたことなど、とうの昔に忘れているのではないか」

登美彦氏がむずかしい顔をして竹林を抜けていくと、到達したところは墓地であった。

「どこに行っても、お墓だなあ！」

登美彦氏は理不尽な文句を言った。

彼らはその後、暑さに耐えかねて清滝川《きよたきがわ》を目指し、清流に足を浸して涼を取った。

西河氏は焚き火の跡に素足でつっこみ、「うおっ」と悲鳴を上げたが、清流に足を浸して事なきを得た。清滝川に足を浸しながら、登美彦氏は谷間の上にある青々とした夏空を見上げた。

「夏を満喫しているのか。俺は？」

○

当初は「大原三千院」へ行くことが主な目的だったのだが、化野や清滝川で遊んでいるうちに時間が過ぎて、午後四時になってしまった。

「いかん！」

富士井氏が叫んだ。「急いで大原へ行かんと！」

「富士井君、べつにいいよ。大原に行かなくても」

「そういうわけにいくか」

富士井氏は「大原へ行きたい」という登美彦氏の意向を後回しにして化野と清滝川へ先導したにもかかわらず、どんなに時間がぎりぎりであっても、「大原」という予定は消化しなくてはならぬと考えていた。ここに富士井氏のへんてこりんな真面目さがある。

一同はまた車に分乗し、五時には門を閉じるという大原三千院に向かって、高雄から車を走らせた。

「大原へ行きたい」

登美彦氏を大原に誘《いざな》ったのは、電車の中で見た「わらべ地蔵」のポスターであった。一目で恋に落ちてしかるべき、みごとな写真であったのだ。おかげで登美彦氏は数カ月にわたって「わらべ地蔵わらべ地蔵わらべ地蔵」と言い続けた。そのくせ、自己管理能力がないために、見に行く時間ができない。鍵屋さんは言った――

「いいかげんに黙ってください。どうせ見に行けないんとちゃいますの?」

富士井氏が必死で「大原」を目指したのは、登美彦氏に「わらべ地蔵」を見せるためである。

彼らは今まさに閉じようとする三千院の門の隙間に滑りこみ、美しい庭を眺めるのもそこそこに本堂を駆け抜けた。目指すはわらべ地蔵のみ。

ようやくわらべ地蔵のある一角に到着したと思いきや、すでに奥の院への道が時間制限のために立ち入り禁止となり、わらべ地蔵を見ることができなくなっていた。

「ダメか……」

「まあ、待て！　まあ、待て！」

諦めかける登美彦氏をよそに、富士井氏は寺の関係者に直談判して通路を開けてもらい、わらべ地蔵のもとへと一行を導いた。

すでに夕闇が迫って薄暗い木立の間、ふかふかとやわらかそうな苔のカーペットに埋もれるようにして、可愛い地蔵たちがふくふくと笑っていた。

登美彦氏は感動した。

持つべきものは「腐れ縁だ」というお話である。

○

その後、一行は大原三千院の駐車場にて記念写真を撮った。そして西河氏・西藤《さいとう》さん・佐倉井《さくらい》さんは、遠い勤め先へ戻るために京都を去った。

化野を汗みどろで歩きまわり、清滝川でポカンとし、わらべ地蔵を見るためだけに大原三千院を駆け抜けるために、彼らは週末を潰して遠くからやってきたのである。あまりにも無惨な京都の想い出を提供してしまい、登美彦氏は申し訳ないと思ったが、「けっきょくこれは富士井氏のせいなのだからいいや」と考えた。まことに勝手である。しかし、それが登美彦氏である。

残った武内さん・富士井氏・登美彦氏は、その後、またべつの中学校以来の友人である河崎《かわさき》氏とその相棒たる女性と合流し、どこへ行くか議論を重ねたあげく、四条大橋東詰にあるレストラン菊水《きくすい》の屋上ビアガーデンにて夜を過ごした。

河崎氏はワイルドな印象のヒトである。高校時代からそうであった。知らないうちにジャングルの奥へ入っていそうである。彼は大学時代に写真部の部長をつとめ、現在は某新聞社の写真記者として働いている。ワイルドなのに恥ずかしがり屋である。はにかむと子どものような顔になる。そして私生活でもしきりに写真を撮っている。彼は富士井氏たちと遊ぶたびに、さして記録に残す価値があるとも思えない富士井氏の顔をたくさん記録する奇特なヒトである。

「森見君も忙しそうですなあ！」

河崎氏は登美彦氏を励ます。「まあ、頑張ってなー」

初めて上った菊水の屋上から、登美彦氏は街の明かりを眺めた。そしてこういう風に古くからの友人が祝ってくれるのだから、賞を頂くのもけっこうなことだと考える。

「まあね、わらべ地蔵も見たことだし、美女たちとも過ごしたし、竹林も見た。今回のところはこれでいいだろう、諸君？」

登美彦氏は屋上の手すりにもたれながら、誰にともなく呟いた。

「紳士たちの反撃」

二〇〇七年の夏は長かった。

同僚の鍵屋さんと話をしても、彼女は洛西の竹林については触れなくなった。腹のうちでは「自分で決めた約束も守れない子豚さん！」と思っているらしい。これは希望的観測だ。より正確に言い直せば「この言行不一致の豚野郎！」である。

竹林伐採が進まない理由の一つに、登美彦氏がつねに協力者を必要としたということがある。

彼は一人で竹を刈ることを拒否した。

淋しいからである。

しかし、彼が己の片腕と考える明石氏は、宿敵「司法試験」に真っ向勝負を挑んでいるところであり、竹林でかぐや姫を捜している場合ではなかった。明石氏は未来の嫁を確保する前に、今秋以降の己の社会的地位を確保する必要があったのである。人生を賭けて机上の戦いを繰り広げる明石氏に、「竹林刈ろうぜ」と誰が言えるか。

諦めるほかない。

登美彦氏もまた机上の戦いに明け暮れた。机上にとどまらず、登美彦氏はお茶の間でさえ戦った。彼はNHKの「トップランナー」という番組に出たのである。弁が立つわけでもなく、見栄えがするわけでもない彼が、なぜお茶の間に登場したかというと、それは本上まなみさんがスタジオで待っていたからである。ここで本連載の伝家の宝刀「美女と竹林等価交換の法則」を持ち出し、竹林そっちのけで彼女とのひとときについて熱く語ることもできよう。「幼年時代に書いた原稿を憧れの女性に朗読される。しかもそれがお茶の間に流れる」という、見たことも聞いたこともない羞恥プレイを味わった登美彦氏がいかに激しく悶絶したか詳細に書くこともできよう。

しかし、やめておく。

あくまで主眼は竹林伐採にある。

そうやっているうちに明石氏が司法試験に合格した。あんまり嬉しかったので、登美彦氏は自宅で一人祝杯を挙げた。「これで竹林が刈れる」と考えたのである。彼らは週末に三条の文椿《ふみつばき》ビルヂングで会食し、たがいの戦果を讃え合った。

「ともかく、おめでとう」

「これで数年後、へべれけで森見君のところへ現れ、ワンカップ大関片手に『金貸してくれやあ』とからむ心配がなくなったというものだ」

彼らはめでたい気分に浮かれていた。

自転車で琵琶湖を一周する計画について語り合った。今では机上を主戦場とする彼らも、かつてはワイルドに野を越え山越え駆け回る活発な若者であった。わけても、「夏の想い出が欲しい」という明石氏の衝撃的な発言に登美彦氏が呼応して、わずか数日後に出発した八月炎天下のママチャリ琵琶湖一周は、その生死にかかわる無謀さで彼らのきわめて個人的な歴史に今もなお光芒《こうぼう》を放つ。

「しかし、ちょっと現状では無理だ」

ひとしきり盛り上がってから、登美彦氏は我に返った。

「まず体力作りから始めないといけない。人間的成長に伴って、体力が落ちている。

まず竹林を刈ろう。そして基礎体力をつける。満を持して琵琶湖一周だ。もし自転車で走るのが無理ならば、モリミ・バンブー・カンパニーのセグウェイ導入を待とう」

「それもまた、よし」

「まずは竹林だ。将を射んと欲すれば、まず馬を射よ！」

登美彦氏は言った。「だが、今はダメだ。もう少し待ってくれ」

その十月、登美彦氏はまだ色々な用事が片づかずに残っていたのだ。

等価交換の法則にのっとり、本上まなみさんを竹林に変換することによって慢性的な竹林不足を補ったうえで、彼はさらにいろいろな仕事をした——『有頂天家族』の出版。締切次郎との死闘。雑誌や新聞のインタビュー。写真を撮られる。サイン会に引っ張り出される。そしてまた締切次郎を蹴散らす。登美彦氏本人も、自分が何のために頑張っているのか分からなくなるほどの頑張りぶりであったという。

ようやく登美彦氏の態勢がととのったのは、十一月であった。

登美彦氏は明石氏へ連絡した。

「逆襲のときは来た」

○

登美彦氏と明石氏が洛西の竹林へ挑んだのは、十一月四日である。なんの脈絡もなく共にノコギリを握って立ったあの日から、早くも一年が経《た》っていた。

彼らは一年前と同じように阪急百貨店の前で待ち合わせ、阪急電車で桂へ向かった。

明石氏は司法試験合格を祝う仲間たちの目眩《めくるめ》く集いの余韻さめやらず、つまりは二日酔いであった。二日酔いでボンヤリしながら、明石氏は「十一月末から徳島へ行く」と言った。実務修習で配属される先が徳島に決定したという。

阪急桂駅にて、彼らは「阪急蕎麦」に入った。阪急といえば、阪急蕎麦をするのが由緒正しいやり方だ。明石氏はきのこ蕎麦をすすり、登美彦氏は月見蕎麦をすすった。腹ごしらえを済ませてから、自転車にまたがって、竹林を目指した。

彼らは水路に沿ってすいすいと走っていった。

日曜日の桂はうららかな陽射しにくるまれてたいへんのどかであり、机上の戦いで傷つき疲れ果てた彼らの魂を癒した。秋らしい爽やかな風が吹いていた。空気は良い匂いがした。絶好の竹林日和である。

やがて彼らは鍵屋家の前を通り過ぎた。

同僚の鍵屋さんは、この週末、どこかの温泉地に出かけている。「同僚に命じて竹林を伐採させるかたわら、自分は温泉地でぬくぬくと湯につかる。これほどうまみのある商売があろうか！」と登美彦氏はぶつぶつ言った。

彼らはやがて自転車を止め、竹林へ足を踏み入れた。

かすかな風に揺れる竹林は葉を鳴らし、擦れ合う幹がきしむ音が聞こえた。しぶとく生き残った蚊の羽音。裏にある住宅街の住民の声。遠くの国道を走る車のエンジン音。耳を澄ませていると、それらの音があちこちに散らばって聞こえ、かえって静けさの奥行きが深まるようだった。

「よしよし。きれいになってる」

彼らは竹林を眺めて自画自賛した。

刈り始めて一年とはいえ、その間伐採したのは数回しかないのだから、さほどきれいになっているはずがないのである。しかし彼らは、「だいぶきれいになった」

と思いこみ、その希望的観測に力を得て、今日の戦いを始めようとした。

登美彦氏がリュックをおろし、ノコギリを二本取り出した。

◯

竹を刈り始めて間もなく、明石氏が嬉しそうに言った。

「だいぶ上達しているぞ!」

「たしかにそうだな」

半年のブランクがありながら、なぜ竹林を刈る技術が向上したのか。

彼らの説によると、こうだ。

「我々は竹林伐採をさぼって、やらかいお座布団の上でのうのうとしていたわけではない。森見は締切に追われ、明石は司法試験勉強に追われていた。『締切』『試験日』という名の追手の存在を絶えず背に感じながら、尻はつねに固い椅子の上にあり、目前には机という名の主戦場があった。絶えざる刻苦勉励のみが人間を育てる。過酷な机上の戦いを生き延びようとする日々の努力は、知らぬうちに我々の魂を鍛え上げていたのだ。やみくもに竹にむしゃぶりつくのが竹林伐採であろうか。そうではない。竹林伐採とは、固く生長した竹の幹と人間の魂とのぶつかり稽古である。つまり一切は、魂の問題であるのだ。竹林に挑む者は、まず魂を鍛えることから始めよ」

それが本当かどうか分からないが、竹林伐採は快調に進んだ。

何本か竹を倒すと、竹林の真ん中には広々とした空間が広がり、オシャレなテーブルを置くこともできそうであった。

「ここにテーブルと椅子をならべて、珈琲を飲む」

「竹林カフェを経営しよう。乙女がたくさん来るだろう」

彼らの鍛え上げられた魂の前に、竹林はやすやすと屈服するかと思われたが、まだしつこく彼らを悩ませるものが二つあった。一つは、十一月になってもしぶとく飛び回って、男たちの生き血を吸おうとする蚊の大群である。もう一つは、切り倒した竹からおびただしく伸びている枝である。これを放置しておくとたいへん嵩張《かさば》って邪魔になるので、彼らは一本一本切り落としていた。その単調な作業は、魂を鍛えていると言うわりには堪《こら》え性のない彼らをイライラさせた。

「いちいち伐採せずに済むようにできないのかなあ」

「アイガモ農法をまねすればいい」と明石氏が言った。「パンダを放せ」

「なるほど。竹林に一定数のパンダを放す。パンダは竹の葉を食い散らす。光合成ができなくなるから、竹は繁殖を止めるだろう。そうすれば春になって生えてくるタケノコの数も制限されるし、山林を侵食して環境破壊と言われることもあるまい。しかも、だ。パンダという連中は見かけだけは可愛い。騙されてやってくる乙女も多かろう。竹林カフェも大繁盛だ」

ひとしきり登美彦氏は興奮した。

やがて我に返り、「パンダは竹にのぼれるか？」と呟いた。

彼らはポカンとして頭上を見た。

ほとんど枝もないすべすべの幹が聳《そび》えて、葉が茂っているのは遥か上空である。登美彦氏は竹のてっぺんにコアラのようにしがみついて葉をむしゃむしゃ食うパンダたちの群れを想像した。ここからだと白黒の尻がもぞもぞしているのしか見えない。

「いや、パンダは案外のぼるぞ。のぼれる」

明石氏は携帯電話を取り出し、先日訪ねたという「白浜《しらはま》動物園」のパンダの写真を見せた。パンダが木の上にのっかってボンヤリしていた。

「貴君、なぜ白浜動物園へ？」と登美彦氏は鋭く訊ねた。

「俺には黙秘権がある」

「司法試験が終わったと思ったら、もうどこぞの美女といちゃいちゃしていたというのか！　パンダを眺めながら『君の方が可愛いよ』と甘ったるい言葉を囁いていたというのか！　それもまたよし！　それもまたよし！」

彼らは仕事に戻った。

○

しつこい蚊の猛攻に明石氏が怒りだした。

登美彦氏が彼の顔を見てみると、額の中央がみごとにねらい撃ちされていた。

「分からん！」と明石氏はノコギリで蚊を追い回した。たいへん危険である。

「なんでこんなに蚊がいるんだ！　おかしいではないか！　ここにいる蚊は、ふだん誰の血を吸っているというんだ！」

たしかにそれは解きがたい謎だった。

哀れな犠牲者が誘いこまれるなり、桂在住の藪蚊たちに指令が飛ぶのかもしれない。「おい、阿呆が二人、竹林に来たぜ」と蚊の伝令が飛んでいく様を登美彦氏は想像した。そして、ふだんは蚊もいない竹林に、歴戦の勇士たちが群れを成して飛んでくるのだ。

これまでに切り倒した竹が山となっていた。

「森見君。これ、なんとかならんか？」

「燃料にしよう。竹を燃やしたときに発生する熱量はすごいのだ」

彼らは竹を燃料にして竹自動車を走らせることを考えた。あるいは竹を使った火力発電施設を作り、竹林インターネットカフェを作ることも考えた。そして、「もったいない精神」によって二酸化炭素をじゃんじゃん排出し、時代という名のハイウェイを逆走するのだ。

途方もない夢を育む一方、登美彦氏は堅実な竹林経営者として新製品の開発も手がけた。青竹を一本切り倒してみた彼は、せっせとノコギリをふるって幹を切断し、コップを一つこしらえたのである。

「これが噂の新商品『登美彦氏のコップ』だ」

登美彦氏は自慢の器に茶を注ぎ、腰に手を当ててグイと飲んだ。切り屑もたくさん飲んだ。茶はうまかった。主として切り屑の味がした。

「竹のコップで飲む茶の味は格別なり。君も飲む？」

「俺はいらない」

「いずれモリミ・バンブー・カンパニーはあらゆるものを竹で作るだろう。住まいはもちろん竹だ。テレビ台も竹、ベッドも竹、テーブルも竹、タンスも竹、もちろん妻も竹だ。これはどうだろう？」

「それは却下だ」

明石氏は妻を竹でこしらえることには興味がないらしく、映画「ＡＬＷＡＹＳ続・三丁目の夕日」を観に行くという話を始めたが、それは「三丁目の夕日」の話ではなく、堀北真希《ほりきたまき》の話であった。

「堀北真希と対談しろ！」

明石氏は言った。「そして、俺は嫁を大事にする男だと伝えてくれ」

「磯山さやかはどうなった？」

やがて明石氏は「登美彦氏のコップ」を手にとって、竹林の奥へ入っていった。

「おうい、どこ行く？」と登美彦氏が訊ねると、明石氏はコップを掲げた。

「これに小便していい？」

「そんな用途のために作ったんじゃない！」

「やれやれ。まず竹で便所を作るべきだ。そうでないと嫁も来てくれないゼ」

○

午後二時半、鍵屋家の竹林視察団が到着した。鍵屋さんの御母堂と御尊父である。

一年前、御母堂は歯ごたえのあるケーキを供して登美彦氏と明石氏をもてなしたが、それを「歯ごたえのあるケーキ」と表現されたことに忸怩《じくじ》たる思いがあったらしい。竹林にケーキを持ちこんで雪辱をはかった。

「今度はやわらかいですよ」

「ありがとうございます」

また御母堂は彼らが蚊に苦しんでいるであろうことをふたたび見抜いて、蚊取り線香をも差し入れてくれた。登美彦氏は切り倒した竹の処分方法などについて、御尊父と意見交換をした。

視察団を見送った後、彼らは竹林の隅に座りこんでチョコレートバナナケーキを食べた。たしかに今度のケーキはやわらかかった。そして五臓六腑に染み渡るケーキの甘みが、彼らの体力を回復させた。ふたたび竹林へ挑む闘志が湧いてきた。

「青竹を倒そう」と明石氏が言った。

「まだそこらへん、枯れた竹が残ってるんだがな……」

「もう枯れた竹はいいよ。青竹倒そうぜー」

先ほど試みに青竹を倒してみたところ、明石氏はその魅力にとりつかれてしまったのである。ずいぶん枯れた竹も刈ったことだし、そろそろ青竹を間引く作戦を開始しようと彼らは決めた。登美彦氏も青竹が大好きだった。

青竹を倒すことは素晴らしい。

ノコギリで青竹を切るときの感触にはずっしりとした充実感があり、枯れた竹を切っているときのようなスカスカした感じがない。切り味に「コク」があるのだ。繊維がみっしり詰まっているから、切っているうちに割れてノコギリの歯がはさまることもない。ノコギリを動かすたびに新鮮な粉が散り、良い匂いがする。節に溜まって腐った雨水が手を濡らす心配もない。新鮮な青竹の切断面と節の内部はまるで人工物のように白く滑らかである。その美しさ。これこそ竹の美しさだと登美彦氏は考えている。

太い青竹がゆっくりと倒れていくと、茂った青い葉がわさわさと音を立てる。彼らは青い竹を一本、また一本と倒していった。

「重い。動かん」

「なんのこれしき！　負けてたまるか！」

青竹は水をたっぷりと含んでいるから、枯れた竹の三倍から四倍ぐらいの重さを感じる。登美彦氏と明石氏は力を合わせて青竹をぐいぐい引っ張り、しつこくからまる枝を解きほぐし、汗を流して頑張った。一本の青竹を倒すのは大事業である。

やがて、鬱蒼として暗かった竹林に一筋の光が射した。

青竹が倒れて、茂っていた葉が減ってくると、上を覆っていた葉の天井に隙間ができて、そこから光が入り始めたのである。桂の青い空が見えていた。

明石氏と登美彦氏は、昼なお暗かった竹林に、今、新しい光が射すのを見た。

「見ろ、竹林の夜明けだ」

登美彦氏は言った。

○

竹林の未来を見た彼らはそれで満足して桂から帰り、筋肉をつけるために四条河原町の「南大門《ナンダイモン》」で旨い焼き肉を食べた。カルビ、ロース、レバーなどから効率的にアミノ酸を摂取した彼らは、ムキムキの男へ通じる道に一歩を踏み出した。竹林伐採と焼き肉は切っても切れない関係にある。

十一月末から司法修習が始まる明石氏は、今宵吸収したアミノ酸によって筋肉をつけ、修習先の徳島で「型破り修習生がやってきた」と驚かれようという魂胆であった。

「筋肉があり、頭脳があり、嫁を大事にする。三拍子揃った男とは私のことだ」

彼らはたっぷり肉を食べて洛西の竹林におけるたがいの活躍を讃え合った後、四条河原町にて別れた。

「君も忙しくなるから、竹を伐採する暇もないだろな」

「何を言っている」と明石氏は笑った。「やつらを刈るときはいつでも呼んでくれ。俺は徳島から戻ってくる。そして、堀北真希と対談するときは——忘れるな、俺は嫁を大事にする男だ」

未来の筋肉弁護士は夜の河原町通を北へ消えた。

未来の筋肉作家はふたたび机上へ戻るために歩きだした。

「孟宗竹分解法講義」

森見登美彦氏が壇上に立つ。

以下はその速記録である。

○

皆さん、こんにちは。森見登美彦と申します。

これから語ることは、多くの人にとって実益のないことですが、私はかつて裏山の和尚《おしよう》さんに「原則として実益のないことしか語ることができない呪い」を掛けられたものだから、もう諦めてください。無い物ねだりをして私を苦しめても、面白いことは何一つ起こらない。実益のあることを語ろうとして自滅する私を眺めて無上の愉悦を感じる人。これはヘンタイの人です。

では何について語るか。

やはり竹であります。

おまえはそんなに竹が好きか。そういうお声もあるでしょう。私も同感です。よくもまあ、毎回毎回「竹竹竹竹竹……」と連呼しているものだと、語る私が思うのですから、皆さんが思うのも当然である。

しかしやむを得ない。

ここはそういう場なのだから、私はどうしても竹について語らねばなりません。たしかに話題が竹に限定されているのは、私にとってもいささか苦しいことです。それは認めます。上田弘一郎博士のように、竹研究のプロフェッショナル、本物の「竹博士」というべき立派な人であればともかく、私は竹研究家ではないし、竹好《こう》事家《ずか》ですらないのです。口を開けば竹蘊蓄が流れ出すというわけにはいきません。竹になぞらえて人生を語るという高等技術も会得していない。そもそも、モウソウチクとハチクの見分け方も会得できない人間に、竹好きを自称する資格があろうか。

「竹林でボンヤリするのが好き」

ただそれだけの実感を頼りに竹について語り始め、そのくせ竹林伐採事業はいっこうに進展を見せぬまま、案の定、行き詰まっております。「登美彦氏め、行き詰まってやがる、アハハ」と嗤《わら》っている場合ではない。これは私の問題であると同時に、皆さんの問題でもあるのです。ともに手を取り合って、共通の敵に立ち向かおうではないですか！

そういうわけで、いったん竹林伐採から離れようと考えました。

かといって竹から離れるわけにもいかない。

だから竹の分解法というものについて語ろうと思う。

大学の研究室に居候していた頃、研究テーマが竹だったので、私は幾度か、竹を分解したことがあります。もちろん皆さんは竹を研究しているわけではないでしょう。したがって、「なぜ竹を分解しなくてはならないのか？」という問題はひとまず棚上げにします。

「なぜ竹を分解するのか、そこに竹があるからだ」という言葉がある。

……「竹」ではなかったかな。「山」だったかもしれませんが、そんなことは些細な問題だ。より重要な問題は、竹を分解するためには、まず竹を手に入れなくてはいかんということです。

どこで手に入れるか？

今の私には洛西の竹林という主戦場がありますが、学生時代の私が主戦場としていたのは、大学構内にある「理学部植物園」でありました。植物園というからにはいろんな植物が生えているわけで、人喰い朝顔を育てている温室や、斧を落とすたびに池の精が純金製の斧をくれる不況に強い池まであったのですが、その中にモウソウチクやハチクの育つ一角があったのです。

「今日は気持ちの良い日だな。ぜひとも竹を分解したいな！」

そう思い立ったら、理学部植物園へ出かけます。

物々しい門を抜けるとすぐに鬱蒼と茂っている熱帯性の竹が見えてきます。

ここでちょっぴり、なけなしの竹蘊蓄を述べておきましょう。日本で一般的に見られるモウソウチクは温帯性の竹で、地中で根を伸ばし、一定の間隔を置いて地表にタケノコが現れて成竹になりますから、いわゆる「竹林」ができます。一方で東南アジアやインドに分布している熱帯性の竹は、一カ所に密集して生えます。同じ竹であっても、「竹林」と言うよりは、「藪」といった印象です。しかし私が好きなのは日本の竹林であって、熱帯性の竹には興味が湧かないので、この話はこれでおしまいです。

熱帯性の竹を横目に歩いていくと、モウソウチクの竹林へ着きます。モウソウチクというのは、美味しいタケノコができるので、日本にはたくさんあります。タケノコ掘りをして若竹煮を作った、というような想い出のある竹林は、まずモウソウチクであると考えてよいでしょう。モウソウチクは十八世紀頃に大陸から日本に渡ってきたそうです。

このことから何が言えるか。

かぐや姫が生まれたのはモウソウチクの竹林ではなかったということです。私が刈っている洛西の竹林は、モウソウチクです。私と明石氏がかぐや姫を見つけることができないのも当然だ。しかし、諦めるのはまだ早いと思います。

さて、「竹を分解する」と言っても、分解する対象はイロイロあります。葉っぱを集めて分解することもできるし、タケノコを分解することもできます。一本の竹を切り倒して分解することもできます。葉っぱは手軽に集められますし、タケノコは柔らかく扱いやすい上に若竹煮まで作れますが、高さ十数メートルまで育った竹を切り倒して分解するのは骨の折れる仕事です。

しかし、大きいだけに、やり甲斐はあります。

皆さんに用意して頂きたいのは、やる気とノコギリです。やる気がなければノコギリは動きませんし、ノコギリがなければ手が血だらけになります。

この二つが用意できたら、これぞという竹を見つけて切り倒しましょう。

ここで一点、注意してください。

もし竹を分解した上で、何か新鮮なもの（DNA、タンパク質、かぐや姫等）を抽出したいと考えているならば、その年の春に生えてきたものを使いましょう。生えてきたばかりの竹はまだ幹がみずみずしく、幼年期の名残りたる皮をむくむくの腹巻きのようにくっつけているはずです。古いものを選んでしまうと、切るのに苦労するばかりで、その割に抽出は難しい。「ただ切るだけでご満悦」というヘンタイの人は、黄色く変色した竹を選んで切れば竹林のためにも良いですし、筋肉もつきます。

ギコギコと皆さんが竹を切っている間に、想い出話をしましょう。

植物園には管理をする人がいます。

彼にとって、「竹」とはどんな存在でしょうか。言うまでもなく、迷惑な存在です。なぜなら、植物園というものは色々な植物が場所を譲り合って共存している場所ですが、竹はあまりに生命力が旺盛なので、ほかの植物たちの縄張りに平気で踏みこんでくるからです。竹林を見れば分かりますが、竹はあっという間に大きくなって日光を奪ってしまうので、ほかの植物は生きていけません。彼らは勝ち組なのです。

植物園の管理人には、彼らの陣取り合戦を調停する任務がある。竹が増えないようにする方法は簡単です。芽は早いうちに摘むべし。柔らかいタケノコのうちに、へし折ってしまうのがもっとも合理的です。あのふわふわの皮にくるまれた可愛いタケノコを踏んづけて折るのは可哀相ですが、そうでもしないことには植物園は瞬く間に竹林園になってしまいます。喜ぶのは私ぐらいだ。

だから、管理人は涙を呑んでタケノコを踏んづける。

それをやられて困るのは、我々のように竹を実験材料にしている学生でした。せっかく実験に使おうと思っていたタケノコが、次の日に行ったら無惨に砕けて転がっていた、という悲劇が起こる。だから、お腹のふっくりした立派なタケノコを見つけたら、ビニールテープに研究室名を書いて、タケノコにくるりと巻いたものです。いわば植物園の管理人に対して、所有権を主張したのです。

管理人といえば、いっぺん、竹を切っていて怒られたことがあります。実験に使うわけですから、竹を切っても怒られるはずはないのですが、間が悪かった。なぜなら七夕《たなばた》だったからです。おそらく管理人は七夕の宵に植物園へ入りこんで竹を切ったりする阿呆学生に嫌気がさしていたのでしょう。それで見つかるなり、「何をしている?」と尋問されたわけですが、そこは私も阿呆ですから、正直に「竹を切って杯を作ってお酒を飲みながら七夕を祝おうと思う」と真実を打ち明けてしまった。今にして思えば、「実験に使う」と言っておけば何の問題もないのに、なぜ自白したのでしょう? それで事務所へ連れて行かれてお説教される羽目になりました。謝罪した後、切ってしまったものはしかたがない、というわけで私は研究室へ戻り、みんなとお酒を飲んだわけです。学生時代最大の悪事は、理学部植物園の竹を無断で切ったことです。反省しております。

皆さんはくれぐれもこんなことをしてはいけません。きちんと許可を取りましょう。

どうでしょう？

長い脱線の間に、竹は切り倒されましたね？

さて、竹の生長力の強さは広く知られております。これはもう、毎日竹林へ眺めに行っていれば、簡単に思い知ることができます。つい先日土から顔を出したばかりのむくむくタケノコが、二〜三週間もすると十メートルを超える高さに育っているのです。

「ああ、僕はどうして大人になるんだろう？」と思わず呟いたものだ。

まず各節に番号を振って、長さを巻き尺で測り、ノートに記録します。なぜ記録するのかというと、「そこに節があるから」です。どんな場合にも、記録は大切。順々に下から節の長さを測っていくと、根に近いほど節が長いことが分かるでしょう。だからどうしたと言われても困ります。ようするに竹は下半身から大人になっていく、ということです。

長さを測り終わったら、持ち運べる長さに切り分けます。

下の方には枝がなく、上の方ばかり茂っていることに気づきましたか？

さらに注意深い人であれば、すべての枝はちょうど節目から伸びていることに気づくでしょう。

シャーロック・ホームズばりの観察眼を持った人であれば、枝は各節ごとに「たがい違い」に伸びている、すなわち一つ上の節へ行くたびに枝の伸びる箇所が反対側になることに気づくでしょう。だからどうしたと言われても困ります。これが竹というものなのです。

枝と葉が不用であれば、あるていど切り落としても良い。あんまり枝と葉が茂っていると、運ぶときにワサワサして大変です。あちこちに引っかかりますし、通りすがりの乙女のスカートをひっかけたりしては訴えられてしまいます。私は学生時代に竹を運んでいるところを知人に見られ、「パンダを飼っているのか？」と言われたことがあります。

邪魔者の入らないところまで運んだら、腰を据えて分解に取りかかります。各節ごとにノコギリで切っていくのです。根に近い方が先に成熟しますから固い。切るのに苦労します。でもだんだん上の方へ行くにつれて、竹は柔らかくなります。みずみずしさも増してきます。このあたり、新鮮な竹を切るのは、なんとなく気持ちがいいものです。良い匂いもします。切れば切るほど夢中になっていることでしょう。竹というのは、とかく我らのハートを摑みがちな植物なのです。

そうです。

竹というのは魅力的で、かつ不思議な植物です。

そして、竹を研究する研究室というのも、不思議な存在です。

私が教授のご厚意によって、その研究室に拾われたのは、今から五年以上前のことでした。当時の私は路頭に迷っておりました。正確に言えば大学を休学中で親の臑齧《すねかじ》りだったわけで、「路頭に迷う」という表現は当たらないかもしれませんが、当人にとってみれば、もう冗談ではすまない暗澹《あんたん》たる毎日でした。もちろん小説を書いて売るなどという未来は見えず、休学中なのだから卒業の目処《めど》も立たず、就職活動をきちんとする甲斐性もなく、かといって逃げ出した研究室へはもう戻れない。八方塞《ふさ》がりです。夜ごと四畳半の天井に向かって呻《うめ》きながら、息詰まる毎日を送っていました。これは本当のことです。

何かの拍子に大学を訪れて、廊下を歩いていると、研究室の前に貼られたポスターが目に入りました。そこには「当研究室では竹の研究もしています」というようなことが書かれていました。

「これだ」と思った。

もう一度大学でやり直すのであれば、何をするのか。その何かを選ぶ根拠が、私にはもう「竹」しか残されていなかったのです。

私は研究室を訪ねてみました。

しかし、四回生の頃に研究室を逃げ出して、現在休学中の五回生ですから、言うことに説得力がない。だいたい卒業研究をせずに大学を卒業して、大学院からもぐりこもうというのは無茶です。卒業論文を書いていない人間が、一足飛びで修士論文を書こうというわけですから、もう意味が分からない。応対してくれた大学院生たちも、皆さん、困っていました。

最後に教授に面会しました。

「卒業論文を書いていないのですが」

「かまへん、かまへん」と教授は仰った。「来たら、ええよ」と。

今、思い起こすに、あの言葉がなければ、どうなっていたか分かりません。私の学生時代はぐじゅぐじゅに崩れて終わっていたでしょう。人生に復帰できたかどうか分からない。

そういうわけで、教授と竹にはたいへんな恩があるのです。

という感動秘話を私が語っている間に、一つ一つの節に切り分けることができたと思います。つまり、筒状の小さな竹が皆さんのまわりにいっぱい転がっているという不思議状態。

次には、それぞれの節をさらに細かく分解します。

ここで登場するのは包丁とまな板です。ノコギリを振りまわすワイルドな雰囲気から、ふいにお料理教室のようになりますが、これでよいのです。竹は維管束《いかんそく》という組織が縦方向に独立して並んでいますから、筒を縦にしてまっすぐ包丁を入れれば、意外にもスウッと切ることができます。これを竹の割裂性といいます。茶筅のような繊細微妙な細工ができるのは、このためですね。

固い場合は包丁を叩けばよいですが、くれぐれも指を切り落とさないようにしてください。また、包丁では太刀打ちできないほど固いときは、ノコギリを使うほかないでしょう。

切れば切るほど、竹のスティックができます。柔らかい節になると、切ることが快楽になります。繊維に沿ってスウッと切れるのが美しく、楽しい。トントンと鳴る、まな板。竹との細やかな交流によって、心が落ち着いてきます。そのまま一日中、竹スティックを作っていたいと思う人もあるかもしれません。単純作業というものは、ときに人の心を慰めるものです。

竹スティックがたくさんできたら、とりあえず大半はビニール袋に詰めて、冷凍庫に放りこみます。そのまますべて分解してもよいのですが、それだと日が暮れます。だから未来への布石として、冷凍庫で保存するのです。その未来はいつ来るのだと言われても、そんなことは私には分かりません。

さて、柔らかめの竹スティックをまな板に載せます。

今度は竹の繊維に対して垂直に、ザクザクと包丁で刻んでゆきます。こうなると、竹の分解をしているのか、お料理をしているのか、遠目では分かりません。そうしてサイコロ状のものをたくさん作ります。これもまた楽しい作業であり、先ほど植物園で切り倒した竹が、今、自分の手元で小さな立方体にまで分解されてしまった、と考えると、なかなか感動的なものがあります。

以上の準備が済んだところで、いよいよミキサーの登場となります。

私は学生の頃、「ガリガリ君」の異名を取ったものであります。

ところで、サイコロ状に切った竹を粉砕する場合は、家庭で使うようなミキサーで良いのですが、葉っぱなどを粉砕する場合には、ちょっと工夫が必要です。葉っぱをそのままミキサーに入れても、細かく切り刻むことはできません。そういう場合は、もっと高性能のミキサーと、液体窒素が欠かせないのです。液体窒素というものは使い方を誤るとたいへん危険なものですから、私はあまり使いたくなかった。その恐ろしさを語ると長くなるので、止めておきますが、皆さんも、もし「竹の葉っぱを分解したい！」という衝動に駆られた場合は、くれぐれも用心して分解するようにして頂きたいと思います。それよりは、竹を切り刻んでミキサーにかける方が、体力は必要ですが、牧歌的です。

さあ、包丁で細かく切った竹をミキサーに入れましょう。

詳しくは述べませんが、私は竹のタンパク質を抽出していたので、ここで抽出液を用意していました。皆さんのように「ただ、ぐじゅぐじゅにしたい！」というヘンテコな人は、お水を注ぐだけでよいと思います。

スイッチを入れてしばらく待っている間に、また想い出話をしましょう。

教授の温情によって拾い上げられた私が足を踏み入れた研究室は、まことに不思議なところでした。

そこは竹だけを研究しているわけではありません。そもそも「自然界の生物が作り出す物質を、社会のために有効活用しよう」という目標を掲げた研究室なのですが、教授が興味を抱《いだ》く対象は広く、ヤドリギやらキノコやらマングローブやらシロアリやら……冷蔵庫・冷凍庫・低温室は教授が忙しい生活の合間に集めてきた実験サンプルに溢れ、沖縄からサンプルに紛れこんでやってきた蟹が丑三つ時になると実験室内を這い回り、そちらの引き出しを開ければ怪しい種子が！　こちらの引き出しを開ければ怪しいアリが（シロアリです）！　という具合でした。

しばしば、教授が怪しい木の実を抱えてウロウロしているのを私は見ました。

「先生！　それは何ですか？」

学生が訊ねます。

「これか……これはな……ちょっとな！」

教授は笑いながら、しかし断固として何も言わず、その怪しい木の実をどこかへ隠してしまうのです。そして数年後には、新入りの四回生がその怪しい木の実を相手に七転八倒するという仕組み。

すなわち、探求心を発揮する対象にはまったく困らない、というのが私の学んだ先生でした。研究室にいる、ということは、すなわち教授の脳味噌の片隅に居候している、ということにほかならず、「ドアを開けると、そこは不思議の国でした」ということなのです。

さて、こうして私が想い出を語っているうちに、ミキサーで粉砕された竹は、みごとに緑混じりの玉子色のぐじゅぐじゅになりましたね？

おめでとうございます。

皆さんは竹を一本、ぐじゅぐじゅの状態まで分解することに成功しました。あとはこれを煮るなり焼くなり、好きにお使いください。これを使って実験に成功し、竹の神秘を明らかにすることができれば、竹学の歴史に名を刻むことができるでしょう。

ちなみに私にはムリでした。

おのれが優秀な大学院生であったと主張する気はさらさらありません。

今思い返しても寒気がするほど、まことに駄目な学生でした。途中から、自分のような人間がここにいてはいかんと、そういうことばかり考えておりました。人間というものはどうしようもないもので、あれほど八方塞がりの状態から救ってもらったというのに、やはり私は教授の期待に応えず、のうのうと二年を過ごしてしまったのです。

しかし、あの二年がなければ今の私はなかった。そして、こうして竹について語るついでにあの頃の想い出を語ることもなかったでしょう。いずれにせよ、あの先行き不明の暗闇をくぐり抜け、生き延びて今あることが何よりもアリガタイ。ただ、それだけであります。

学生時代にお世話になった人たちは大勢いらっしゃいますが、まず私を拾い上げてくださった教授に感謝しなくてはなりません。それなのに私は卒業して以来、なんだか照れくさくて教授にご挨拶にも出かけていない。今の私にとって、竹林も遠く、そして研究室も遠いのです。

しかし、つねに感謝しております。皆さんも恩師を大切に。

以上で、私の講義を終わります。

ご静聴ありがとうございました。

「腰と竹林」

学生時代、登美彦氏は机に向かって書くのが苦にならない質《たち》であった。そうでなければ読まれるあてもない文章を延々と書くことはむずかしい。

しかし今や登美彦氏も社会人となった。

今の登美彦氏にとって、机に向かうのはお仕事である。厄介なことに、「書くな」と言われると机にへばりつきたくなり、「書きなさい」と言われると机から逃げだしたくなるのが人情である。しかし登美彦氏はなるべく逃げない。器が小さいからである。

「ああ、もう机には向かいたくない。美女か竹林のところへ行きたい」

こらえて机に向かっていると、だんだん人相が悪くなり、姿勢も悪くなる。最初はきちんとした姿勢で机に向かっているのに、背中が曲がっていく。やがて両足を椅子に引っ張り上げる。仲間はずれになった可哀相な小学生が体育館の隅で三角座りをしているような恰好をして、登美彦氏は億劫そうに手を伸ばしてキーボードを叩く。細い指先の動きだけは「白鳥の湖」を踊るバレリーナのように華麗だが、椅子の上にちんまりと三角座りする姿は、とても真面目な社会人とは思われない。いぢけた恰好をしていぢけた文章を書く。質実剛健で骨太な美しい文章を、三角座りをして書こうというのは無理な話だ。

連日そんな風にE．T．みたいに身体をちぢめて書いていれば、身体がおかしくなるはずだ。しかし登美彦氏はいくら机に向かっても、肩こりや腰痛にならない。

実家に帰ったとき、登美彦氏の妹が「お兄ちゃん、肩を揉んであげよう」と、得意の腕前を披露しようとした。しかし兄の肩の揉み甲斐のなさに呆れ果て、「お兄ちゃんは本当に小説家ですか？」と言った。

その逸話を登美彦氏が自慢すると、肩こりに悩む同僚の鍵屋さんは「肩がこらないのは、森見さんに肉がないからではないですか？」と指摘した。

そうであるかもしれない。

そうでないかもしれない。

いずれにせよ、登美彦氏は身体のことを真剣に考えていなかった。

○

十一月某日午前十時。

阪急桂駅に集まった登美彦氏、編集者の鱸氏、大口氏、和田邊《わたなべ》氏、真津下《まつした》さんの五名は竹林を目指した。鱸氏と大口氏は竹林伐採に参加するのは二度目である。他の和田邊氏、真津下さんは登美彦氏とは初対面である。

「紅葉も盛りの京都に来ておきながら、日が暮れるまで竹を刈り続けるとは……お仕事とはいえ、まことにお気の毒なことであります」

登美彦氏はぷつぷつ言った。

前日までは暖かかったのが一転して、その日は朝から冷えこんだ。十一月も下旬であり、冬の匂いがした。空はうっすらと雲に覆われて雨が降りだしそうである。登美彦氏は鱸氏に雨男の嫌疑をかけているので、空模様と鱸氏を黙って見くらべた。

「降りませんよ！　大丈夫です！」

鱸氏は言った。

彼らはホームセンターを訪ね、新しい「いかにも切れ味の良さそうな」ノコギリを買った。ホームセンターで買い物をしているあいだに雨が降り始めれば、鱸氏を糾弾できるなあと登美彦氏は考えていたが、けっきょく鱸氏の天賦の才は発揮されなかった。だが、くれぐれも油断してはならない。

彼らはずんずんと竹林へ分け入った。

竹林伐採の味は病みつきになるが、刈り始めるまでは億劫なものだ。彼らは緩慢な動きでノコギリを分け合い、三々五々、竹林に散った。登美彦氏はもっとも伐採経験が多いにもかかわらず、例によって誰にもアドバイスをしなかった。前回の竹林伐採において、「魂を鍛えたから竹林伐採が上達した」と豪語した人間だから、編集者の方々も鍛え上げた魂を竹にぶつけていけばそれでよい、と考えたのである。

竹を刈り始めると、すぐに皆が夢中になった。

誰も話をしなくなる。

それゆえに書くこともなくなる。

それを不憫《ふびん》に思った大口氏はアクロバティックなことをして話題を提供した。危うく真津下さんの切り倒した竹の下敷きになりかけたところ、戦場で弾を避《よ》ける歴戦の勇士のように華麗にかわしたのである。大口氏は編集者になる以前、某国でパイ投げ合戦の傭兵をしていた異色の経歴を持つ。しかし、そのように敢えて己を危険にさらして登美彦氏に話題を提供したところで、嘘か本当か分からないことを書いているのだから、あまり甲斐がない。「無傷で東京へ帰ってくださるだけで余は満足である」と登美彦氏は言っている。

編集者たちと同じく、登美彦氏も黙々と竹を刈った。

精神は明澄《めいちよう》である。魂は純潔である。

竹を一本切り倒すごとに、煩悩が一つずつ蒸発していくような気がした。これはたいへん気持ちの良いことだが、しかし煩悩は妄想を生み、妄想は小説を生む。すなわち、煩悩が消えると、妄想は消え、小説も消える。

「ひょっとしてワタクシは、自分で自分の首を絞めてないか？」

登美彦氏は自問した。

これまでの伐採の成果もあり、枯れた竹の数は少なくなっていた。前回に引き続き、積極的に青い竹を倒して、もっと光を竹林の中へ入れようということになった。

「ゲーテ作戦」と登美彦氏は名付けた。

前回の挿絵

イラスト　篠原克周

○

黙々と竹を刈るうちに、時刻は正午をまわっていた。

その頃、鍵屋家視察団が到着した。前回と同様、同僚の鍵屋さんの御母堂と御尊父である。鱸氏たちは挨拶をしたが、和田邊氏は竹林伐採マシーンと化して竹林の奥を動きまわっているので出てこなかった。よほど夢中らしい。

「ところで、前回の『小説宝石』の挿絵なんですが……」と御母堂は言いにくそうに、しかし最終的には断固として言った。「私は、あんなおばあさんとちがいます」

「いや……あれは写真を見て描いてもらったものではないので……。それに、この文章は事実を描いたものではなく、あくまでフィクションですから」

「それでも、私とはちがいます」

「だいたい、読者の人たちも、僕が本当にこうやって竹林を刈っているのかどうか半信半疑だと思うのです。本当は机上で刈ってるだけかもしれない。鍵屋家は存在しないかもしれん」

「フィクションでも、やっぱりあれは私とはちがいます」

「どんな風に描いてもらえばよいでしょう？」

「私、どんな風に見えます？」

「うーん、そう言われれば、どことなく吉永《よしなが》小百《さゆ》合《り》に似てらっしゃる……」

「それやったら、そういう風に描いてもらえませんか」

御母堂から注文を受けた後、登美彦氏は御尊父に鍵屋家の領地について教えてもらった。その界

今回の挿絵

隈は竹林だらけなので、どこからどこまでが刈るべき竹林であるのか分からなかったからである。その結果、登美彦氏の眼中になかった、あるいは眼中にないふりをしていた西隣の竹林も鍵屋家の竹林であることが判明した。そちらはまだ手つかずである。

鱸氏は、鍵屋家の竹林が予想以上に広大で、とうてい登美彦氏の手に負えるものではないと判断した。彼は登美彦氏を竹林の隅に呼び出して小声で言った。

「森見さん、これは我々だけの秘密にしておきましょう」

「そうですな。どうせ分かりゃしませんね」

「ええ。とりあえず、ここまできれいにできたら合格ということにしましょう」

彼らは越後屋と悪いお代官のような顔をした。

御母堂は缶珈琲とケーキを差し入れてくれた。

登美彦氏が竹林を刈るようになってから手にした三つ目のケーキである。最初の一つは歯ごたえがあり、二つ目のケーキは柔らかく、三つ目のケーキは焦げていた。

「表面は焼け焦げておりますが、気にしないでください」という御母堂の手紙が入っていた。

したがって登美彦氏は全然気にしない。

○

じゅうぶんに働いたので、彼らは休憩を取ることにした。竹林を刈るときには、肉を喰ってアミノ酸を補給する。これが竹林伐採の鉄則である。竹林伐採後のステーキはムキムキへの近道だ。

彼らは国道沿いのステーキハウスへ出かけた。

大口氏は、前回訪ねたときにもらった10％割引券を大切に持っていた。彼は某国で傭兵になる以前、某国の大蔵省に勤め、割引券を活用して国を財政破綻から救ったという異色の経歴を持つ。「割引券を笑う者は割引券に泣きます」という大口氏の言葉は重い。

彼らはアミノ酸を吸収してムキムキへの道をひた走りながら、この行き当たりばったりな竹林文章に、どう落とし前をつけるべきか思案した。良い知恵は出なかった。

問題は山積していた。

「竹林を伐採して、どうするのか?」

「タケノコを掘って食べることはできるのか?」

「けっきょく美女はどうなったのか?」

何一つ問題は解決されることなく、棚上げされた。

棚に上げておくうちに腐って消えてしまうことを祈るのが登美彦氏の流儀だ。

彼らが竹林へ戻る頃には、風が強くなっていた。鱸氏の能力はもはや衰え、雲は風に吹き散らされて、雨の気配はなくなった。そのかわりたいへん寒くなってきた。

突風が竹林を揺らすたびに、頭上を覆っている緑の天井が波打った。竹がうねり、大きく広がった葉の隙間から青い空がのぞいた。

○

登美彦氏の腰に悲劇が訪れたのは、午後三時半のことであった。

そのとき、登美彦氏は「秘技三本倒し」という荒技に取り組んでいた。

竹を伐採するときに、やっかいなのは枝がからまることである。たとえ一本の竹を根もとで切断しても、となりの竹と枝がからまっていてほどけない場合は、そのとなりの竹も切る必要が生じる。つまり「秘技三本倒し」が必要となるのは、「竹Aを切り倒したら竹Bとからまってしまい、のみならず竹Bを切り倒したら竹Cまでからまってしまった」という悲劇的状況においてである。

しかし、これは興奮せざるを得ない状況でもあるのだ。

竹を一本倒す場合は、その竹が倒れてこない場所に逃げれば安全だが、二本倒す場合には逃げ場所が少なくなる。三本を倒す場合はなおさらである。ノコギリを動かしながら、つねに油断なく竹の倒れる方向に気を配らなくてはならない。さもなくば竹の下敷きになるだろう。

「これは生半可な覚悟ではできないことなのだ」

登美彦氏は威張る。「このスリルが魂を磨くのである。そうとも！」

登美彦氏は最後の一本を切り倒そうとしていた。

「これを倒せば、ワタクシは三本の竹を一度に倒した男として、末永く称賛されるであろう！」

一心不乱になって切り終わる。

枝がこんぐらがっているので、根もとを切断しただけでは倒れない。

登美彦氏は重い青竹にぶつかって、「えい！」と動かそうとした。

そのとたん、腰に激痛が走った。

身動きが取れなくなった。それどころか、立っていることもできない。登美彦氏は「あいうえを」と呻いてその場にへたりこんだ。

そばにいた鱸氏に助けを求めた。

○

「このまま救急車に乗せられて強制送還であろうか」

登美彦氏は怯えたが、しばらく座っていると、なんとか歩けそうだということが分かった。ようよう立ち上がった。腰を曲げるとすぐにへたりこんでしまうので、腰に両手を当てて固定したまま、慎重に荷物の置いてあるところまで退却した。

「森見さん、大丈夫ですか？」と編集者たちが言った。「とにかく、しばらく休んでください」

完成間近であった「秘技三本倒し」は鱸氏が代行した。

登美彦氏は竹の根元に座りこんだ。

竹の葉が長年にわたって積み重なった地面は天然のクッションとなり、登美彦氏の尻を優しく受け止めた。しかし汗が乾いてくると、十一月末の寒さがひしひしと感じられる。登美彦氏は淋しく呻いて、あちこちから聞こえてくる伐採の音に耳を澄ませた。

こうして腰を痛め、他人が竹林伐採に夢中になっているのを眺めているのはつらいものである。蚊が死に絶えたらしいのは、不幸中の幸いであった。もし生き残りがいる時期であれば、竹の根元にうずくまったまま、干からびるまで血を吸われるにちがいない。

長い間座っていると腰がつらいので、登美彦氏は竹につかまりながら立ち上がった。

「立った！　登美彦氏が立った！」と呟いてみたが、編集者たちは伐採に夢中で、登美彦氏のことなど意に介していない。登美彦氏は竹に背中をあずけて直立不動となった。

「連帯感がない」

そう呟いた登美彦氏は、自分は戦線を離脱したのではない、司令塔になったのだ、と自己暗示をかけた。竹の合間に見え隠れする編集者たちの背中に向かって、心の中で指令を出した。

「鱸氏、そこ、そこを刈るんだ！　ちがう、そうじゃない！」

「大口氏、そうそう、くれぐれも慎重に！」

そうやって指令を飛ばしていたけれども、空《むな》しさが募ってきたので止めてしまった。「据え竹刈らぬは男の恥」という言葉もある。竹林にいるにもかかわらず竹が刈れないのは屈辱であった。

あんまり淋しいので、登美彦氏は「みなさん、そろそろ休憩しましょう」と叫んだ。「ケーキもありますよ」

少しでも「司令塔」の役目を果たそうとしたのだ。

ケーキを食べながら、彼らは竹林の素晴らしさについて語り合った。

「子どもの頃に、七夕で竹を刈ったなあ」

和田邊氏は懐かしそうに呟いた。

登美彦氏の目論見《もくろみ》通り、彼はすっかり竹林伐採の味に魅了されてしまったらしい。しかし翌日、翌々日には、おそろしい筋肉痛が彼を襲うであろう……と思うと、登美彦氏は彼の身体に時限爆弾をしかけたような気がして、たいへん面白かったという。

風が遠くの竹林を揺らす音が聞こえた。

やがてその風は竹林から竹林へと飛び石を伝うように渡ってきて彼らの竹林に達し、その青々とした天井を激しく揺らした。葉が風にかきまわされるたびに、陽射しが漏れ、葉が輝いた。

和田邊氏が風にうねる竹を見上げて、「水面みたいに見える」と言った。真津下さんは上に向かってカメラをかまえ、風が渡ってきた瞬間をとらえようとした。

やがて編集者たちは最後の一仕事に手をつける。

登美彦氏はふたたび一人ぽっちになり、太い青竹にぴったり背をつけたまま、ジッとしていた。

遠くで生まれた風が、竹林を伝ってくる。葉のざわめきが近づいてくる。やがて自分のいる竹林がドッと大きな音を立てて揺れる。見上げてみると、空へ向かって立つ竹が、まるで自分の背中の延長のようだ。風を受けて竹が大きくしなるたびに、登美彦氏の身体も揺れる。風にあらがう竹の強さを背中で感じていると、まるで自分が一本の竹になったようである。

「なるほど。これが竹の気持ちか」

登美彦氏は感心した。「ずいぶん淋しいものである」

風が吹くたび、登美彦氏は自然に生きる竹の強さと孤独を、味わい続けた。

○

やがて日が暮れてきたので、彼らは四条河原町へ引き上げた。

昼は肉を喰ったのだから、夜は魚である。

今回の伐採によって、登美彦氏は二つのことを学んだ。

「竹は風と戦っている」ということと、「腰は大切」ということである。

登美彦氏は編集者たちと別れたあと、真津下さんからもらった湿布薬を貼って机に向かったが、当然のことながら腰痛を抱えたまま机に向かうのは難儀である。

そして明日は出勤しなくてはならない。

苦痛に呻きながら登美彦氏は布団に横たわった。

「本当に、本当に、この腰が治ったら、もっと運動することにしよう。まんべんなく腹筋と背筋をつけて、そして執筆するときはもっと良い姿勢で書くことにしよう……身体的にも、精神的にも！」

登美彦氏は反古《ほご》になるのが見え見えの誓いを立てた。

竹を刈るときにはくれぐれも腰に注意しましょう、というお話である。

森見登美彦（MBC最高経営責任者）今、すべてを語る（前編）

京都四条烏丸南西角にそびえるMBCビルディング屋上、大量の土を運び上げて作られた「空中竹林」にかこまれて、森見登美彦氏のガラス張りのオフィスがある。明るい室内にはフラスコ入りの小さな竹林が置かれた腎臓形のテーブルや、ヤコブセンのエッグチェアがならんでいる。書棚には登美彦氏が表紙を飾った際のTIME誌もおさめられている。壁には巨大モニタが取りつけられて、世界各国の竹林分布、経営状況を二十四時間映しだしていた。

二〇一八年三月十二日、午前八時。

静かな朝であった。

森見登美彦氏は塵一つ落ちていない白い床に、エッグチェア、信楽焼《しがらきやき》の狸、達磨《だるま》、歯ごたえのあるケーキ、茶筅などを不規則にならべていた。ひととおりの作業が終わると、登美彦氏は意気揚々とセグウェイに乗り、「ぶーん」と言いながら、それらの障害物を避けて走る訓練を始めた。五月に琵琶湖で開催される「ツール・ド・琵琶湖」にそなえ、登美彦氏は毎朝愛車のセグウェイ（Segway bamboo シリーズ最新型）に乗る鍛錬を怠らなかった。氏が四十歳の誕生日を迎えた今もなお、十年前のあの頃と同じように乙女を魅了してやまないスマートな肉体美を誇るのは、この鍛錬の成果である。二〇一八年の今日、竹林の中を効率的に移動する手段として、セグウェイは世界的に普及していた。

やがて秘書が入ってきた。

「おはようございます」

「やあ、おはよう」

登美彦氏はセグウェイの上から返事をした。「どう、この動き？　これ！」

「お見事ですわ」

「それで、今日の予定はどうなってる？」

セグウェイで走りまわる登美彦氏を追いかけながら、秘書は今日のスケジュールを読み上げた。

午前中は取材多数、昼食後にリムジンで京都国際会館へ移動し、世界バンブーカンファレンスの基調講演をこなしてから国際会議に出席、夜は都ホテルにて各国のビジネスマンと懇親会、料亭にて宴会、深夜は社へ戻って全世界に散らばった支社長たちと衛星通信を利用した定例会議、という予定である。竹林経営のパイオニアであり、「世界でもっとも影響力のある十人」に選ばれ、全世界三十五カ国に支社を持つMBC（モリミ・バンブー・カンパニー）の最高経営責任者、森見登美彦氏はきわめて多忙であった。

「――以上です」

「やれやれ。難儀なこっちゃ」

登美彦氏はセグウェイから降り、秘書の渡した手拭いで汗をぬぐいながら、ガラス窓の外に広がっている竹林を眺めた。十年前に竹林経営の第一歩として手をつけた洛西の竹林の一部が移植されたものだ。あまりにも多忙な日々に意気が萎えそうになるとき、氏はその竹林を眺め、夢と希望に燃えていた十年前の自分を思いだす。

竹林の中には庵と池があり、大原三千院のわらべ地蔵を模して作った「とみひこ地蔵」もあった。経営上の問題が発生したときは、登美彦氏は身のまわりの人間を遠ざけ、その竹林を逍遥《しょうよう》することにしていた。

「アイデアはつねに竹林の奥に隠されている」

これが登美彦氏の口癖であった。

彼がＭＢＣを設立してから十年――それは「京都のＭＢＣ」から「世界のＭＢＣ」へのめざましい躍進の十年であり、人類が「竹林」というフロンティアを開拓した十年であった。登美彦氏は最高経営責任者として采配を振るい、二十一世紀が竹林の時代であることを証明してみせた。彼が竹林経営に乗り出した記念すべき日、竹林でなぜか坂本龍馬《さかもとりようま》風に叫んだ言葉は、自伝『この俺を見よ！』（光文社）の冒頭にも掲げられている――「諸君、竹林の夜明けぜよ！」

○

何件かのインタビューを受けた後、二人の人物がカメラマンを連れて応接室に入ってきた。その懐かしい顔を見て、登美彦氏はエッグチェアの中で膝をかかえてくつくつ笑った。

「やあ」と言った。「大口さん。鱸さん。わざわざどうも」

大口氏が笑って頭を下げた。

「どうも森見さん。お久しぶりです。すっかりご立派になられましたね」

「竹林を一緒に刈っていた頃からは想像もできませんねえ」

鱸氏は応接室を眺めながら感嘆した。「今回は森見さんの『この俺を見よ！』の二百万部突破記念ということで特集をするということになりまして。それで、あらためて竹林経営に進出した頃から現在に至るまでの軌跡を振り返っていただこうというわけです」

「なるほど。まあ、どうぞ、お座りください」

大口氏が出されたお茶を一口飲んで、「おや」と言った。「変わった味ですね」

「竹のお茶です。ビタミン豊富ですよ」

「なるほど」

やがてカメラマンが撮影の準備をする中、インタビューは始まった。

「森見さんの引退は衝撃でした」と鱸氏が言った。「まさか作家生活五年で引退されるとは。ちょうど『美女と竹林』の連載が終わった頃だから――」

「二〇〇八年ね。今年で、十年になりますね」

「今となっては、森見さんが小説を書いていたことも知らない人が多いのではないでしょうか?」

「そうですねえ」

「そのあたり、森見さんはどうお考えですか? 一度は作家となった人間として、竹林経営者としての一面ばかり注目されることについては」

「まあ、自分の選んだ道ですから、とくに無念だとも思わない。竹林経営者の森見という風に記憶していただければけっこうですよ」

〇

——そもそも、なぜ竹林を選ばれたのでしょうか?

「人生の決断には、さまざまな要因が絡んでいます。我々の視野は狭いので、すべての要因を挙げることは不可能でしょう。たとえば竹林への愛であるとか、環境保護の意識であるとか、それらしいことを挙げることはできます。大口さんや鱸さんがエッセイの依頼に来られたこと、職場の同僚の家が竹林の持ち主であったことも、重要な要因の一つでしょう。けれども、それがすべてではない。私が竹林を選んだ、その決定的な選択には、それまでに積み重ねた私の人生すべてが作用しています。こういうときのために、我々人類は便利な言葉を使います――つまり、『運命であった』と言うのです」

――小説家からの華麗な転身でした。転身に踏み切った理由は？

「二〇〇七年、つまり竹林経営に手をつけた当時、『多角的経営』という考えがあったのは事実です。これからの時代、作家も多角的経営を考えなくてはならない。そういうわけで作家業と竹林経営の二足の草鞋を履いてみることにしてみたのですが、見通しが甘かった。当時の私には有能な秘書もいなかったし、自己管理能力も欠けていたので、とても竹林経営に時間を割くことができなかったのです。外から見ればどうだったのか分かりませんが、あのころの私は内面的にはすさんでいました。つまり……自分で自分の人生をコントロールできていないと感じていたのです。私はたいてい締切を気にしていました。『書く』ことは決して嫌いではありませんでしたが、『時間に追われて書く』というのは、単純に『書く』と言った場合とは、いささか性質がちがうものです。竹林との別離が長引くと、私は焦燥に駆られました。当時私が書いていた——もちろん鱸さんたちは覚えておられるでしょうが——『美女と竹林』という文章は、竹林経営を主眼として書き始めた文章であったにもかかわらず、竹林経営に触れた部分はわずかなものになりました。本来の趣旨を逸脱して……」

——当時、我々も手に汗握って行方を見守っていました。

「連載が終わったとき、私は落ちこみました。竹林経営のバイブルたらんとした文章を、無意味で楽しいだけの文章にしてしまった。それで良かったのだろうか、と。私は二十代最後の夏を迎えていました。いよいよ本腰を入れて、人生を考えなくてはならない。多角的経営が自分に向いていないことはよく分かったので、どちらかを選ぶ必要がありました。竹林か、それとも小説か。今、このような大きな企業に成長するということはまったく想定していませんでしたが、それでも私は竹林を選びました。運命であったのです」

——今でも小説を書かれていますか？

「二〇〇八年に筆を折ってから、もう書いてはいません。竹林経営に身を捧げると決めたとき、たとえ趣味であっても小説は書くまいと考えたのです。そんな余裕もなかったですし。あのころの私もまだプロフェッショナルとは言えない駆けだしでしたが、今はなおさらです。そういう才能や技術といったものは、毎日鍛錬しなければ衰えていくものです。今の私はウソ話を書く精神的筋肉を失ってしまいました」

――この十年、森見さんはつねに竹林経営の新局面を切り開いてこられました。そのアイデアの源泉はどこにあるのでしょうか？

「この十年、私はただ流れに身をまかせてきたと思っています。ことさら新奇なことをしようと、力こぶを入れたことは一度もありません。経営上の危機も幾度か経験しましたし、最近では公正取引委員会から勧告を受けた件もありましたが、いずれの場合も、落ち着いて流れを見て、誠意をもって対応するだけで自然と問題は解決していきました。これは竹林経営のみならず、すべての分野について言えることだと思いますが、なんらかのアイデアが必要となったとき、私が最初にするのは布団を敷くことです。まずはゆっくりと眠る。睡眠不足の頭は乾いた大地と同じで、何も生みだしません。たっぷり眠ってから、竹林を散策する。竹林のささやきに耳を澄ませる。かつて私は言ったことがありますが、アイデアはつねに竹林の奥に隠されています。頭をひねって無理にこしらえる必要はないし、それはかえって有害な場合も多い。アイデアは竹林の奥深くにあるから見えにくい、しかしつねにそこにあります。我々はただ拾い上げるだけで良いのです」

――森見さんにとって竹林とは何ですか?

「それは難しい問題です。一言で表現するにはあまりにも大きく、深い。竹林は、ときに厳しく、ときに優しく、私を成長させるものです。つまり竹林とは愛であり、人生そのものであるという認識に到達しました。間違っているかもしれませんが」

――今、竹林経営を志す若者たちに伝えたいことはありますか?

「厳しいことを言うようですが、竹林経営もまた楽なものではなく、いいかげんな気持ちでできるものではありません。『竹はグングン生長するから簡単だ』などという生半可な期待をもって挑んでも、返り討ちにあうでしょう。まずは竹を刈ってみることです。竹のかたさや大きさや匂いを五感のすべてをつかって感じてみることです。それができたとしても、まだスタートラインに立ったにすぎません。走り始めてもいない。勝負はそれからです。しかし真剣に挑む者には、竹林は必ずこたえてくれます。まだまだ竹林の可能性は無限大ですから、ぜひそれらを開拓して欲しい。竹林の夜はまだ明けたばかりです」

――今後の展望についてお聞かせください。

「先ほども言いましたように、私は力こぶを入れて、未来の展望を考えているわけではありません。竹林の行方は竹林が決めることでしょう。ただ私はつねに自分に言い聞かせているのですが、どれだけ派手に見える仕事であっても、もともとは竹の一本一本を刈ることから始まったということです。私の事業は、一本一本の竹を刈る喜びの上に積み重ねてきたものです。土台をおろそかにすれば、一切は崩れ去るでしょう。そういった観点から、現在は小学校の子どもたちに竹林の手入れをしてもらう体験ツアーに力を入れています。竹林との交歓を知った新世代がどのような未来を築いていくか、私はそのことに興味があります。竹林の明日を担うのは彼らなのです」

○

かつてトーマス・エジソンの電球に八幡《やわた》の竹が使われたことでも知られるように、京都と竹林は切っても切れない仲である。しかし現代、手入れの行き届かない竹林は旺盛すぎる生命力によって周辺の山林を侵食し、「環境問題」とさえ言われるようになってしまった。

竹林の汚名をそそぐため、登美彦氏は立ったのである。

ＭＢＣの歴史は、二〇〇六年の秋、森見登美彦氏が洛西の竹林を訪ねたことから始まる。二年の準備期間を経て、竹林経営を本格的に志した登美彦氏がＭＢＣを設立したのは二〇〇八年の初秋であった。

登美彦氏はまず荒れた竹林の整備事業に乗り出し、美しい竹林を呼び物にした「Bamboo カフェ」を京都府下で展開した。鍵屋さんの御母堂のケーキからヒントを得た「歯ごたえのあるケーキ」がそれなりの話題を呼んだが、ＭＢＣの経営はまだ軌道に乗ったとは言えなかった。利益はなかなか増えず、登美彦氏の筋肉ばかりが増えた。

大きくＭＢＣが成長したのは、登美彦氏が己のスマートかつ引き締まった肉体に着目したときである。

竹林伐採に必要な「秘技三本倒し」などの動作を取り入れたエクササイズをDVD化すると、これがなぜか売れた。登美彦氏が「マッスル・トミー」の名で竹林伐採の心得を語った著書『余はいかにしてムキムキとなりしか』の売り上げと合わせ、MBCの経営を強力に支えた。「竹林に挑む者は、まず魂を鍛えることから始めよ」という言葉が一世を風靡した。

登美彦氏は竹林伐採の実演会を日本各地で開催し、余分な脂肪を燃やし尽くそうと汗を流す参加者たちが刈った竹を門松や健康器具の生産にまわして、さらに売り上げを伸ばし、所有する竹林を増やした。

その実演会は人々の目を竹林に向けさせ、竹林の良さを再認識させるという意味で、期待以上の効果があった。ダイエットブームと筋肉ブームが終息したのち、竹林の良さを知った人々の間で「庵ブーム」が起こった。快適な庵生活を求める人々に向けて、MBCは庵の賃貸業に乗り出し、庵生活に必要なあらゆるものを竹で供給した。当時MBCの設計室が作りだしたものは、コップ、テレビ台、ベッド、テーブル、タンス、絨毯、便座カバーなど、数百種類にのぼったのである。

竹林買収を推し進めたMBCは、その後も大作映画「竹林バスターズ」の製作、パンダを活用した画期的な竹林管理法（モリミ・メソッド）の開発などを続けた。中でも重要なのは、大学との共同研究によって竹の培養法を確立し、ガラス瓶の中に竹林を再現したことである。新製品「机上の竹林」は全国のオフィスに導入され、現代人のストレス軽減に一役買った。かくして、誰もが個人的に竹林を所有する時代、パーソナル竹林時代が到来したのである。

竹林経営のほかにも、二〇一三年からは琵琶湖畔をセグウェイで走り続ける優雅なのか過酷なのか分からない競技「ツール・ド・琵琶湖」も始まった。これは、もともと社員の親睦旅行だったものが発展したものである。毎年五月、琵琶湖畔を埋め尽くすセグウェイの群れは大きな話題を呼ぶ。積極的な海外進出、竹の植林事業を通して、「森見・Bamboo・登美彦」の名が海外でも知られるようになったのはその頃である。

新しい竹林リゾートの開発、高級庵の分譲、国境を越えた竹研究への援助など、ＭＢＣは「竹林」を軸にした事業を展開し続け、二〇一八年、登美彦氏はＴＩＭＥ誌の表紙を飾った。

○

ロングインタビューが終了し、大口氏と鱸氏は帰っていった。

登美彦氏は妻がこしらえてくれた手弁当を食べ、余った時間でセグウェイ練習用にオフィスにならべた品々を片づけることにした。サッカーボールほどの大きさの信楽焼の狸を抱えている登美彦氏を見て、秘書が微笑んだ。

「その狸は昔からお持ちなんですか?」

「そうだよ」

登美彦氏はオフィスの隅にあるチェストの上に狸を置いて、見栄えをたしかめた。

「今でも思いだす。これをもらったのは二〇〇八年のバレンタインだ。当時竹林を刈らせてもらっていた鍵屋さんの御母堂がプレゼントしてくれたのだ」

「チョコレートではないんですか? なぜ狸なんでしょう」

「さあ、分からないなあ。でも可愛いだろう?」

そのとき、登美彦氏に電話がかかってきた。

相手は東京の事務所で過労死を恐れず働く筋肉弁護士の明石氏であった。彼らは大学時代からの戦友である。明石氏はまだ嫁を見つけておらず、忙しい仕事の合間を縫って登美彦氏と会うたびに「とりあえず俺は嫁を大事にする男だと、誰でもいいから伝えてくれ」と言っていた。

「基調講演を聞きにいくつもりだったが、急用が入ってしまった」と彼は言った。

「すまん」

「いいよ。あんまり働きすぎてはいかんね」

「こないだ送ってもらった『机上の竹林』はいいな」

「スバラシイだろ？」

「事務所の机に置いてるよ。なごむわあ」

「よかった。それじゃ、また」

「おう。それじゃあな。俺は嫁を大事にする男だと、誰でもいいから伝えてくれ」

登美彦氏はビルを出て、京都国際会館に向かった。

車中で基調講演のための原稿を読んでいた彼は、やがて溜息をついてボンヤリした。座席のかたわらにはガラスケースに収まった竹林がある。登美彦氏はその小さな竹林の奥を覗いた。そのまま、いつまでもガラスケースの中の竹林を見つめている。

となりに座っていた秘書が心配そうな顔をした。

「どうされましたか？　ご気分でも？」

「いや、なんでもない。ただ――」

登美彦氏は竹林を眺めながら呟いた。

「ただ、ずいぶん遠くに来たなと思っただけさ」

森見登美彦（ＭＢＣ最高経営責任者）今、すべてを語る（後編）

世界バンブーカンファレンスの会場である。

京都国際会館のイベントホールは、世界各国から集まった竹林関係者に埋めつくされている。彼らは竹林蘊蓄やタケノコのおいしい料理法について小声で語り合いながら、竹林経営の世界的カリスマ、森見登美彦氏が壇上に登場するのを待っていた。

登美彦氏の基調講演は、全世界に中継されている。

やがて場内の明かりが落ち、スクリーンに満月の映像が浮かび上がった。巨大な月を背にして、森見登美彦氏が壇上に立つ。場内は水を打ったように静まり返った。

「『竹取物語』という物語があります。竹から生まれた姫が老夫婦に慈しまれて美しく育ち、有力者たちの求婚を受けるものの、すべてを捨てて故郷の月へ帰っていく。多くの日本人が、このストーリーを記憶しておりましょう。かつて、竹は我々の生活になくてはならない植物でありました。同時に、このような物語を生んだほど、神秘的な植物であったのです」

登美彦氏は壇上を歩き、落ち着いた声で聴衆に語りかけていく。

「かぐや姫が月へ帰ってから、およそ千三百年。いつしか我々は、竹林から離れて暮らすようになりました。人類と竹林は悲劇的別離の時代を迎えたのです。この別離の時代を乗り越え、人類と竹林の絆を取り戻すこと。それこそが二〇〇八年から変わらぬMBCの使命です」

会場から拍手が起こった。

登美彦氏は軽く頷き、手を挙げた。

「二〇一〇年、我々は画期的な運動法を提案しました」

スクリーンの映像が切り替わった——大勢の老若男女がガムシャラに竹を刈る「竹林エクササイズ」によって脂肪を燃焼させている写真である。

「二〇一二年、我々は『机上の竹林』を発表しました」

スクリーンの映像はふたたび切り替わる。全世界で一億個を売り、パーソナル竹林時代を作った画期的商品「机上の竹林」の全ラインナップが映しだされる。

「二〇一五年、快適に賢人生活を体験できる舞台を用意しました」

空撮された洛西の竹林リゾートが映った。

「そして二〇一八年、我々が用意したものがこれです」

スクリーンには、いたって普通の竹林の映像が映っている。

聴衆たちは怪訝な顔をして成り行きを見守っている。

登美彦氏は青竹のコップ（「登美彦氏のコップ」）に入った水を飲んだ。思わせぶりに場内を見まわした。

「この竹林は現在、私のポケットに入っています」

登美彦氏はポケットに手を入れ、小さな緑色のものを取りだした。それは厚さわずか数ミリの板上で生長する世界最小の竹林であった。

「竹林を身につける。この最新型竹林によって、我々は竹林をポケットに入れて、街へ出ることができるようになります。今までのように、机上にこだわる必要はありません。竹林を持って、街へ出ましょう」

鳴り響く拍手を受け、登美彦氏はしばらく満足そうに笑っていた。

「ありがとう、みなさん。それから――」

登美彦氏は手を挙げた。「もう一つ、ささやかなお知らせがあります」

スクリーンが暗転した。

基調講演が始まったときに映っていた満月がふたたび現れる。その満月の表面に、「KAGUYA」という謎めいたアルファベットが浮かんだ。場内にざわめきが広がっていく。竹林事情通の間でも、「KAGUYA」というプロジェクトの名が挙がったことは一度もなかった。神秘的な白い光が会場を満たし、期待に満ちた聴衆の顔を照らしている。

「我々の次なる目的地は『月』です」

登美彦氏は言った。

「MBCは宇宙航空研究開発機構やアメリカ航空宇宙局と協力し、宇宙エレベーターの実用化に着手することを決めました。二〇二五年までに、我々は地表から大気圏外へ物資を移送することを可能にし、さらに宇宙空間に建造する中継点から月面までの輸送ルートを確立します。なぜか。月面への竹の植林を可能にするためです。アメリカ航空宇宙局の実験により、月の土壌は竹の生育に適していることが明らかになりました。我々は竹によって月を緑の星に変える」

　聴衆は息を呑んで聴いている。

「私は『竹取物語』の発想に魅せられてきました。竹が地上と月を結ぶという発想は、我々の事業を先取りするものであったのです。だからこそ、我々はこのプロジェクトに、かつて月へ帰った美しい姫君の名をつけました。この計画が成功すれば、どうなるでしょうか？　二十一世紀のかぐや姫は、残された日を指折り数えて、涙を流す必要はないのです。この十年、我々ＭＢＣは、人類と竹林の別離を克服してきました。それは不可能であると言われた。しかし我々は信念を貫きました。今、我々は月と地球の別離も同じように克服できると信じるのです。我々の子どもや孫たちは、荒涼たる満月のかわりに、もう一つの青い星、第二の地球を夜空に見上げることになるでしょう。夜ごと青い星を見上げる子どもたちにとって、地上世界はどう見えるでしょうか？　ぜひとも想像していただきたいと思います」

　登美彦氏は講演を締めくくった。

「みなさん。二十一世紀の今日、竹林の夜は完全に明けました。そしてまた、人類の夜も明けようとしている。忘れないでください。竹林はつねに我らとともにあるのです」

聴衆が次々に立ち上がる。

会場は割れるような拍手と歓声に包まれた。

○

高台寺近くの料亭にて、登美彦氏は各国の経営者や研究者たちと会食した。

宴が果てて、夜も更けた石畳の路地に出た登美彦氏は、ぽっかりと浮かぶ満月を見上げた。世界の仲間たちと握手をかわして別れ、リムジンに乗りこんだ。

だが、それで登美彦氏の仕事が終わったわけではない。氏は四条烏丸のＭＢＣビルディングに戻り、衛星通信で世界各地の支社長たちとの会議に出席するのである。支社長たちも中継で登美彦氏の基調講演を聴いていたので、彼らはＭＢＣの宇宙への一歩について祝いの言葉を述べた。

すべての予定が終了したのは、午前一時であった。

登美彦氏はオフィスにあるマッサージチェアに座り、背中といわず腰といわず、ぐりんぐりんと縦横無尽に揉みしだかれた。

「あうあうあー」

登美彦氏は気持ちがいいのか悪いのか分からない声を出した。

秘書が明日の予定を読み上げると、登美彦氏はあくびをした。

「ごくろうさま。もう遅いから、君はお帰り」

「おつかれさまでした。これで失礼いたします」

いったん出て行きかけた秘書が、ハッと何かに気づいて引き返してきた。

「会議中に奥様からお電話がありました」

「おや。なんだって？」

「タケノコ掘りの約束を覚えていらっしゃるかどうか、心配されていました」

「おおそうじゃ！」

登美彦氏は背中をほぐされながら額を叩いた。「うちの坊主と約束したのであった！　森見登美彦ともあろう男が、タケノコ掘りの予定を忘れるとは！」

「ご安心ください。来週末の午後二時から夜まで予定を確保してあります」

「君はなんと優秀な人であろう」

「洛西 Bamboo パークでタケノコを用意するとのことです。その日は奥様のお誕生日でもあります。タケノコを掘っていただいた後は、奥様のお誕生日をご家族でお祝いになれます」

「優秀にもほどがあるぞ。さては社長の椅子を狙っているな！」

秘書はニッコリ笑って帰っていった。

登美彦氏はオフィスから屋上の竹林へ出た。

屋上の竹林には街の喧噪も届かない。京都の夜空にのぼった満月が竹林を照らしている。小径を辿っていくと、竹の葉がふっくらと降り積もった中に、地蔵が可愛い顔をのぞかせている。登美彦氏は竹の根もとにしゃがんで、静かに手を合わせた。

竹林の奥には竹材で建てられた庵がある。

登美彦氏は脱衣場で服を脱いだ。酒を注いだ青竹コップを持ち、裏にある檜風呂に浸《つ》かった。竹林湯で一日の疲れをとるのが、彼の健康法である。

登美彦氏は湯に浸かったまま、竹の隙間からのぞく満月をぽかんと眺めた。湯船から立ち上る湯気が、竹林を霧のように漂っていく。耳に入るのは、湯の溢れる音と竹の葉の擦れ合う音ばかり、まるで市街地とは思われない風情である。登美彦氏は青竹コップに入った酒をちびちび舐めた。

「いささか忙しすぎるなあ」

登美彦氏は呟いた。

彼は幼い息子の姿を思い描いた。

登美彦氏の幼い頃にそっくりで、ちょっとつつけば笑いながらコロコロ転がっていきそうな、天真爛漫ッ子である。大きなタケノコを抱えて自分の後ろをついてくる息子のことを考えると、まるでタケノコが地面からむくむくと出てくるように元気が湧いてきた。子どもの頃、父と一緒にタケノコを掘ったものだ——と登美彦氏は思った。あのとき、スコップを地面に突き立てる父が頼もしく見えたように、自分もまた息子の目には頼もしい父として映るだろうか。

「しくじるわけにはいかないぞ。予行演習をしておこう！」と登美彦氏は呟いた。

「そして息子から尊敬を得たあとは、妻においしい若竹煮を作ってもらうわけだ」

登美彦氏が妻を竹林で見つけたのは有名な話であった。

「美女と竹林は等価交換の関係にある」

このような持論を展開してきた登美彦氏は、竹林の奥で未来の妻を発見し、己の理論が正しかったことを証明した。二〇〇八年の、ちょうど竹林の手入れも一段落ついた頃合いであった。見ちがえるほど美しくなった竹林には陽光が射しこみ、竹の幹をぽかぽかと叩きながら追い駆けっこをする男女の唾棄《だき》すべきロマンスを照らしだした。桂の竹林におけるロマンスから「ロテル・ド・比叡《ひえい》」の結婚式に至る顚末は、森見登美彦氏の著書『この俺を見よ！』に詳しい。

竹林に漂う湯気をうっとりと眺めながら、登美彦氏は結婚式当日の明石氏の言葉を思いだした。すでに弁護士事務所に勤めていた明石氏は、東京から比叡山まで駆けつけ、祝いの言葉を述べたのだ。「君のかぐや姫は見つかった。それで、一つだけ聞きたいのだが——俺のはどこだ？」

登美彦氏はニヤニヤする。

「明石と竹が刈りたいなあ」

そうやって登美彦氏は想い出を楽しんでいたが、コップの酒も尽きかけたとき、一陣の風が吹いて竹林が揺れた。湯気の向こうでざわめく竹を眺めていた登美彦氏の眉間に皺が寄った。

「なんだ？」

風呂から身を乗りだした。

露天風呂のそばに生えている竹から、稲穂のようにわさわさしたものが飛び出している。

登美彦氏は首をかしげた。

「変わり種の竹が生えたのかなあ」

しばらく竹を見つめていた。

ふいに登美彦氏は湯船から立ち上がり、「まさか」と呟いた。露出狂ではない彼が、月明かりにむきだしのジョニーを隠そうともしない。それほど驚いていたということである。

仁王立ちする登美彦氏の耳に、遠くから電話の呼び出し音が聞こえてきた。

いつまでも鳴りやまない。

異変を察知した彼は湯船から飛びだし、全裸のまま、竹林を駆けた。

○

竹は百年に一度、花をつけると言われる。

「花」と言っても、薔薇やチューリップのように派手な花ではない。登美彦氏が露天風呂から身を乗りだして見つけた地味なわさわさしたものがそれである。

おそるべきことに、開花した竹は枯死する。

これは竹林経営者がいつの日か直面する大問題であった。

ＭＢＣは竹の品質にこだわり、洛西の厳選された竹を繁殖させて、事業を展開していた。竹林リゾートの竹、竹の家具や門松生産の原材料、机上の竹林の原材料、宇宙計画に用いる竹……それらはすべて、同じ竹を根分けや培養によって増やしたものであった。増えて全世界に広がった竹たちの内部で、生命の時計がコチコチと静かに時を刻み、きたるべき時を待っていたことになる。

そして、時が来た。

ＭＢＣの所有するあらゆる竹が、一斉に開花し、次々と枯死し始めた。

京都本社にいる森見登美彦氏は、各地から次々とやってくる壊滅的な報告に頭をかかえた。竹こそはＭＢＣの骨格であった。その骨格が枯死し始めたとき、ＭＢＣはすでに崩壊への道を歩み出していた。

「えらいこっちゃ！　一斉開花のことを忘れていた！」

登美彦氏は自社用セグウェイに乗り、オフィスを右往左往して対応に追われた。テレビ会議は二十四時間態勢で開かれ、電話は鳴りやまず、セグウェイの電池は切れた。そうしている間にも事態は悪い方へ悪い方へと進んでいく。睡眠不足の登美彦氏がげっそりとして窓の外を眺めると、氏の心を潤してくれるはずの屋上の竹林もまた、茶色に枯れ始めていた。

日本各地で問題が起こった。

青竹を刈ることに喜びを見いだし、さかんに脂肪を燃焼させていた竹林エクササイズの会員たちが、「枯れ竹を刈っても楽しくない！　痩せられない！」と憤慨、会費の返還を求めて裁判を起こす。原材料の供給がストップして、竹の家具や門松の生産も中止を余儀なくされた。竹林リゾートの広大な竹林は茶色になって、あまりに陰鬱な景色に入場者は激減。計画していた高級庵分譲計画も解約が相次いだ。さらに、竹林整備のために放し飼いにしていたパンダたちが空腹に耐えかねて大暴れ、笹の葉をもとめて敷地を脱走し、近隣の林を荒らして、ご近所から苦情が殺到した。

騒ぎは日本国内にとどまらない。

海外に展開していた竹林リゾートもことごとく壊滅、全世界の机の上で、「机上の竹林」が一斉に枯死し始めた。マイデスクの竹林を心のささえに出勤してきたウォール街のビジネスマンたちが「No!!!!」と叫んでことごとく意気消沈し、アメリカ経済は混乱し、やがてその混乱は世界に波及した。

華々しく展開していたすべての竹林ビジネスが短期間のうちに破綻し、株価は大暴落した。四条烏丸の本社ビルは売り払われた。百台ある自社用セグウェイをすべて売り払っても追いつかなかった。もちろん、宇宙エレベーターの建造は不可能となり、月面開発の夢はあえなく水泡に帰した。

そして、ＭＢＣは経営破綻した。

カリスマ竹林経営者の森見登美彦氏は「危機管理のできないダメなやつ」という烙印を押され、竹林業界を追われたのであった。

○

二〇一八年の秋、森見登美彦氏は阪急桂駅を訪ねた。

駅舎は二十一世紀的に改築されていたものの、のどかな桂の町並みは、かつて登美彦氏が編集者や明石氏と一緒に竹林伐採に通った当時と変わらなかった。

登美彦氏は駅前でレンタルセグウェイを借り、秋晴れの空の下、旧街道沿いに走っていった。この十年というもの、登美彦氏の身のまわりはつねに賑やかだったが、今は静かである。登美彦氏はしゃんと背筋を伸ばし、「うぃーん」と小声で言いながらセグウェイを運転した。昼下がりであり、あたりはひっそりとしていた。

登美彦氏は竹林の前にセグウェイを止めた。

細い坂道を上って竹林へ分け入った。

洛西の竹林にも開花のときが訪れて、竹が枯れ始めていた。枯れた竹を懸命に片づけて、青々とした竹林を取り戻そうとした苦闘の日々を、登美彦氏は思い起こした。ここからすべてが始まったのである。

登美彦氏は竹林の中をふらふらと歩いた。

「おうい」

竹の向こうから声がした。

見ると、明石氏がリュックをぶら下げて歩いてくる。彼は片手を挙げて「長寿と繁栄を」と言った。登美彦氏も片手を挙げ、「長寿と繁栄を」と応えた。

「明石君、なんで京都にいるんだ？」

「休暇で来た。君んとこに寄ったら、奥さんにここだと言われた」

「なんだ、そうか」

「奥さんが心配していた」

「心配はいらぬ。どっこい生きている」

「死んで花実が咲くものか、というね。久しぶりに刈ろうゼ」

明石氏はリュックからノコギリを二本取りだした。

それから彼らはひとしきり竹と格闘した。

かつて竹と戦ったときは二十代であった彼らも不惑となり、常日頃から運動しているわけでもないので、すぐに苦しくなる。

「今日はこれぐらいにしておいてやる」

彼らはノコギリを放りだし、降り積もった竹の葉の上にあぐらをかいた。明石氏の持ってきた小瓶のウヰスキー「山崎」を飲み、清談にふけった。

彼らがウヰスキーを飲んでいる間にも、枯れた竹の倒れる音が遠くから聞こえてきた。

明石氏が首を伸ばして竹林の奥を見つめた。

「ここの竹林は、死んでしまうのか？」

「いや。竹は枯れてしまうが、地下茎はしばらく生きている。根を伸ばして、来年は細いひょろひょろした竹が生えてくる。竹林は永遠に甦り続けるんだよ」

「なるほど」

「しかし、もとの姿に戻るのに二十年はかかるだろうなあ」

「その頃まで俺たちが生きていれば還暦だ」

「その年が来たら、この竹林で赤玉ポートワインを飲むとしよう」

「よかろう」

明石氏はあくびをした。「しかし二十年はそれなりに長いぞ。君はどうする？」

「そうだなあ」

登美彦氏は呟いた。「小説でも書くか」

「大団円の発掘」

二〇一八年のMBC（モリミ・バンブー・カンパニー）大崩壊から遡ること十年、二〇〇八年の春のことである。満開の桜は散り、京都に溢れていた花見客たちは退散した。

竹林へ行くべきときは来た。

森見登美彦氏は阪急電車で桂へ向かっている。

のんきに「ヨーホー！」と呟きながら電車に揺られる彼は、いずれ自分がカリスマ経営者となることも、竹林の奥深くで未来の妻と出逢うことも、四条烏丸に自社ビルを建てることも、「机上の竹林」で世界のビジネスマンの心を支えることも、一斉開花という生命のメカニズムによって一文無しになることも知らない。知らぬが幸せ、ということもある。

午前十時、阪急桂駅に集まったのは、大口氏、鱸氏、和田邊氏、紅一点の真津下さん、そして男前な海苔本氏である。

「今日はどういう感じで？」

大口氏が訊ねたが、登美彦氏はいつだって無計画である。当連載期間中、彼はあらゆるオモチロイ企画を億劫がり、机上の工夫にかまけるばかりで、竹を刈るだけで一年半を押し通した。今日もまた「タケノコを掘ります」と漠然としたことを呟くのみ。

「タケノコこそが大団円です」

「はあ」

「ところで、タケノコは鍵屋家へ献上する約束になっています。それが桂のならわし、竹林に生きる者の掟である」

「少しは私たちの取り分もありましょうか？」

「それは鍵屋家のお心次第でしょう」

「もしタケノコを分けていただけるとしても……どうやって食べればよいものか。森見さんのお宅で料理できるでしょうか？　料理法が分かりませんが」

「それは当面の課題ではない。あとで悩みましょう」

先日、同僚の鍵屋さんは「七輪なら貸しますよ」と登美彦氏に言った。「焼いて喰え」というのである。しかしいくら彼女でも、東京から遠路はるばるやってきた編集者たちに、古びた七輪をごろりと投げ出して「ほらよ」と言うわけにはいくまい。そこに登美彦氏の無計画主義者らしくない策謀がちらついている。「しかも我々には、御母堂という心強い味方がいる！　吉永小百合似の！」

「しかしタケノコが一本も取れなかったら、どうします？」と鱸氏が心配した。

登美彦氏は「ふふん」と不敵に微笑む。

「桂にはタケノコの無人販売所があるそうです。秘密裏にタケノコを入手して、鍵屋家には『掘った』と嘘を言いましょう。無人販売所が見つからなかったら、そのときはもうなりふりかまわぬ、大団円はすべて捏造《ねつぞう》してやる。いずれにせよ、机上の結果がすべてなのです」

「では、行きましょうか」

彼らは二班に分かれることにした。和田邊氏・真津下さん・海苔本氏は、ホームセンターへ行って何か役に立ちそうな道具を手に入れる。登美彦氏・大口氏・鱸氏は、鍵屋家へご挨拶に立ち寄り、タケノコ掘りの道具を借りるのである。

空は薄曇りであった。

「雲を呼ぶ男」たる鱸氏は、ただでさえ混迷をきわめる竹林連載の最終回が、いっそうグダグダになることを恐れている。雨が降っても身を挺してタケノコが掘れるように、レインコートを持参していた。

「しかしそれは甘い考えであったのだ」

登美彦氏は考えた。

雨に濡れた鱸氏は竹林の中を這い回るが、タケノコは一本も見つからない。いくら待っても、ホームセンター組は姿を見せない。雨に絶望して逃亡したのである。やがて竹林組は仲たがいを始め、自責の念にかられた鱸氏は、荒れた竹林の奥へ身を隠す。残された登美彦氏と大口氏は、雨と涙に濡れながら「タケノコの無人販売所」を求めて桂の町をさまよい歩くが、近隣の住民にたずねようにも、二人の怪しげな風体を目にすると誰もが固く門戸を閉ざす。雨脚が勢いを増し、ついに大口氏が桂川に流される。登美彦氏はひとり河原に立ち、こぶしを固く握りしめる――

「それでも私は生きていく」と。

当連載の唯一の美点は、容赦ない現実から目をそらさないことであった。無計画な人間は、無計画から生まれた悲劇的結末を、あるがままに受け入れる覚悟をもつべきである。

「悲劇的結末もまたよし！」

登美彦氏は呟いた。

「よくないです！」と鱸氏は言った。

○

御母堂と御尊父がにこやかに彼らを迎えた。

タケノコを掘るための謎めいた道具が庭先に転がっていたが、それを扱うのは難しいし、しかも壊れているのであった。彼らはツルハシを借りることにして、御母堂に車で竹林まで送ってもらった。

ホームセンター組はまだ到着していない。三人は竹の間をさまよい、タケノコを探してみた。

「ここにもありますね」

「おや、ここにも」

やわらかく積もった竹の葉を持ち上げて、小さなタケノコが先端部をのぞかせている。やがてホームセンター組も到着し、思いがけぬ豊作ぶりに歓声を上げた。

「大団円は我らが掌中にあり！」

彼らはタケノコ掘りにとりかかる。

しかし、竹の赤子は手強かった。頑丈な根で「これでもか」というほど親に依存している。登美彦氏は長かった親の臑齧り時代を思い起こした。「つらいのは分かるが、自立してくれ！」と呻きながら、タケノコをぐいぐいする。根を切らずに無理に動かしていると、タケノコはぼっきりと折れることがあり、登美彦氏はがっかりした。売り物にするわけではないが、折れたタケノコは登美彦氏の美学に反する。

「タケノコは可愛いのか、それとも気色悪いのか？」

登美彦氏は掘りだしたタケノコを抱えて、しげしげと眺めている。

タケノコは一つの節に一枚の皮がくっついているから、合計で四十枚とか五十枚の皮をかぶっている。皮は動物のようにざらざらしている。ふっくりふくれて可愛く見えないこともない。

「だが諸君！」

ウジャウジャと生えだした根は脚のようだし、下部にある赤いブツブツは形容しがたい不気味さである。ほとんど宇宙生物であった。それらのタケノコが竹林の暗がりを浮遊して、甲高い声で「トモダチ」と言いながら進んでくる様を想像し、登美彦氏は戦慄した。彼らは赤いブツブツから、殺人光線をぴっぴっと飛ばすであろう――「アタック・オブ・ザ・キラー・タケノコ！」

タケノコには、竹の子、筍、竹芽、竹胎、竜孫、竜児……さまざまな呼び名があるらしい。タケノコの可愛くもグロテスクな姿を眺めていると、「竜孫」という不思議な名前が似合っているように思われた。

やがて掘るのに疲れた登美彦氏は、奮闘中の編集者諸氏の写真を撮ってまわった。根がからまって困っている人がいると、ノコギリを持って助太刀した。

一時間もしないうちに、彼らは大小さまざまなタケノコを十九本掘りだした。

「もうこれぐらいでよいでしょう」

登美彦氏が宣言し、真津下さんが丹念に掘っている二十本目のタケノコを最後にすることにした。彼女は、豊臣秀吉《とよとみひでよし》が桂に隠した財宝を掘り起こすかのように、大事に大事に作業していたが、見かけの可愛さとは裏腹に、そのタケノコはしぶとい。

「まかせてください」

鱸氏が登場し、シャベルを使いこなした。鱸氏の額には汗の粒が浮かんでいる。掘ろうとする鱸氏と、掘られまいとするタケノコの、息詰まる戦い。

「あと少しで世にも美しいタケノコの完全体が掘り起こせる」

誰もがそう思っていた。鱸氏もそう思っていたのであろう、彼はタケノコに手をかけてぐいぐいと揺すってみた。そのとたん、タケノコはぼっきり折れた。

真津下さんの繊細な労苦を無駄にして、鱸氏はうなだれた。

○

掘りだしたタケノコを大きい順に一列にならべ、真津下さんが写真を撮った。

「これはぜんぶ食べられるんでしょうか？」と大口氏が言った。

「分かりません。それは鍵屋家でご判断を仰ぐことにします。しかし、これなんぞ、ちょっとふてぶてしすぎて、いかにもまずそうですね……」

「タケノコって栄養あるんですかね？」と鱸氏。

「それはもうたくさんあります。なにしろ、あれだけ生長するんですから」

「どんな栄養ですか？　ビタミンとか？　タンパク質とか？」

「そんな細かいことを気にしていては、栄養になるものもなりません。言うなれば、我々はタケノコの心意気を食べるのです」

ここで彼らはまた二組に分かれることになった。鱸氏と登美彦氏がタケノコを鍵屋家に献上しに行き、ほかの人々は竹林伐採を続けるのである。

登美彦氏が鍵屋家に電話をかけると、御母堂が出た。「タケノコ、二十本とれました」と言うと、予想を超えた豊作に御母堂は「あら！」と驚いた。「今ね、食べてもらおと思ってね、販売所でタケノコ買ってきて料理してるところなんですよ」

「おや！　そうですか。ともかく、持っていきます」

登美彦氏と鱸氏は、二十本のタケノコを抱えて国道を越え、畑の間をうねる農道を歩いていった。空は薄曇りだが、空気はあたたかい。土手には春の花が咲いて、蝶がひらひらと舞っていた。空の広い静かな住宅街には子どもたちの遊ぶ声だけが響いて、のどかさたるや腹の底が抜けるほどだ。彼らは歩きながら、鍵屋さんの御母堂の手まわしの良さを称賛した。御母堂は、無計画主義作家の竹林連載を終結させるために生まれてきたような人、と言っても過言ではない。

「せっかく鍵屋さんがタケノコ料理をごちそうしてくださるし、今日で最終回ということもあるし、明石氏にも来て欲しいなあ」

「しかし、明石氏は徳島におられるんでしょ？」

「週末は大阪に帰っていることが多いんです。今も大阪にいるかもしれない」

登美彦氏は明石氏に電話をかけた。

「あう」と明石氏が返事をした。

「タケノコ喰わん？」

「喰うとも」

「最終回へすべりこみたまえ」

「じゃあ、これから桂に向かうわ」

やがて彼らは鍵屋家に到着した。庭先に這いつくばり、二十本のタケノコを献上した。

鍵屋さんと御母堂が庭先へ出てきて、「こんなに掘れるんですね」と歓声を上げた。一方、御尊父は安易な喜びに浸ることはなく、入念にタケノコを検分している。

「ここまで大きなものは固くてね」

御尊父は言った。

お化けタケノコと血みどろの死闘を演じた彼らはちょっとがっかりした。御尊父は慰めるように「でも食べられんことはない。昔は、こういう大きなタケノコはキロいくらで缶詰工場に出荷したものです」

御尊父はタケノコの正しい掘り方について講義をした。登美彦氏と鱸氏は「なるほど」と聞いていたが、鍵屋さんが「お父さん、そんなん、掘ったあとに言ってもあかんよ」と、たいへん論理的な指摘をした。

「うむ」

「お父さん、こんなに掘れるんやったら、毎年掘ればいいのに」と御母堂。

「うむ！」

御尊父はムツカシイ顔をして言葉を濁した。

登美彦氏は御尊父の気持ちが分かった。

鍵屋さんはカメラをかまえ、タケノコを手にして得意になっている登美彦氏たちの写真を撮った。そうやって彼らが収穫の喜びに浸っていると、鍵屋家の門をくぐって、鍵屋さんの弟氏が現れた。弟氏は男前であり、髭を生やしている。登美彦氏はひそかに「桂のジョニー・デップ！」と呟いた。

弟氏は登美彦氏に向かって「愛読してます」と言ったようだが、それは登美彦氏の思い上がりであったかもしれない。鍵屋さんが「ホラ記念写真！」と言うと、弟氏は眩しそうにしながら、「ええッ？　いいんですかあ？　光栄だなあ」と言って登美彦氏のとなりに並ぶのだった。

登美彦氏の思い描いたとおりに事は運び、御母堂がタケノコ料理をごちそうしてくれることになったのは喜ばしい。しかし、タケノコの下準備には手間と時間がかかる。宴の支度がととのうまで、登美彦氏は竹林伐採に精をだすことにした。

登美彦氏と鱸氏は、弟氏の運転する車でふたたび竹林へ向かった。

弟氏はハンドルを切りながら、連載の最終回に滑りこめたことを喜んでいる。「電信柱に衝突したりしたら、書いてもらえますか？」と言った。さらに己の登場を確実にしておこうという魂胆である。

登美彦氏は慌てて叫んだ。

「書かないよ！　書かないよ！」

○

脱線と迷走を重ね、けっきょく竹を刈るほかは何一つしていない連載の幕引きが迫っている。今さら何か斬新なことをやろうとしても手遅れである。庵を結ぼうと思えば結べるぐらいに片づいたとはいえ、まだ手つかずの領域は広く、完成形にはほど遠い。

「今日が最後の一日だ」という思いを胸に、彼らは竹を刈った。「まだまだこれからなのに――」というもどかしい思いが振り払えない。「あの竹を刈れば」「この竹を刈れば」という思いが彼らを駆り立て、もう一本、もう一本……つまりはこれが竹林の持つ悪魔的魅力というものである。

やがて鍵屋家にタケノコ料理を食べに行く時間が来た。

それでも、彼らは竹林を去りがたかった。

「『竹林部』を結成しましょう」

鱸氏が言った。「連載が終わっても、せめて春と秋の気候がよいときに、竹を刈りに来ましょう。春にはタケノコも掘りましょう」

ほかの方々も同意見のようである。

「これですんだと思うなよ」

「We will be back!」

そういうわけで、じつに中途半端なかたちで、竹林伐採は終わるのである。

後ろ髪を引かれる思いで竹林をあとにした彼らは、鍵屋家の食卓を目指して歩いていく。空はどんよりとして、雨の気配が濃厚である。鱸氏は「あぶないところだった」と呟いている。ツルハシやシャベルを背負い、薄汚れた恰好をして旧街道を歩く流れ者たち――あきらかに桂の埋蔵金を発掘にきて失敗した一団である。しかし埋蔵金はあった。天下に名高い桂のタケノコを、彼らはその手で掘ったのだ。

薄汚れた一団を、御母堂たちが出迎えた。

あんまり薄汚れているので、家に上がるのが申し訳ないほどである。彼らは恐縮しいしい、庭に面した座敷へ通された。読者諸賢はお忘れであろう、今を去ること一年半前、登美彦氏と明石氏が初めて竹林伐採事業に乗りだす際、「歯ごたえのあるケーキ」を噛みしめた座敷である。

座敷には先客がいた。あぐらをかいて庭を眺めながら、ケーキをもぐもぐ食べていた。

「やあ」と登美彦氏はその背中に声をかけた。「大団円に間に合ったな」

「おお、森見君」

明石氏が振り返る。「このケーキはやわらかいゼ」

○

やがて彼らの前にならべられた料理は、タケノコの味噌和え、若竹煮、タケノコごはん、タケノコのお吸い物である。これだけたくさんのタケノコを噛み砕いたことが、これまでの人生にあったろうか。

若竹煮は、鍵屋さんの御母堂が「タケノコ掘りに失敗した場合の窮余の一策」としてあらかじめ準備しておいたもので、近所で買ってきたタケノコを調理したものである。売り物であるだけのことはあり、そのタケノコのおいしさ、美しさを認めないわけにはいかなかった。しかし自分たちの手で掘ったタケノコのおいしさも、また格別である。タケノコはいかにして生まれ、いかにして食卓へ到達したか。その道程を知ることの重みこそが、味に深みを与えるのである。

「うまいな」と明石氏が言った。

「君はタケノコを掘る苦労を知らんからな」と登美彦氏が嫌な先輩風を吹かした。「それで本当のおいしさが分かるものか」

「いやいや、うまいよ」

そこで明石氏はふと顔を上げ、「森見君」と言った。「前回の文章を読んだけど、あの未来予想はとうてい承伏しがたい。二〇一八年になっても、俺はまだ嫁を探しているというのか？」

「あくまで可能性としてね」

「そのくせ自分は竹林の奥で嫁さんを見つけるのか？」

「それもまた、可能性としてね」

明石氏は若竹煮を口に放りこんでから、タケノコごはんをもりもり食べる。

「あんな未来は断じて却下だ。俺ほどの人物が、それほど手間取る可能性はきわめて低い。俺はいつだって、独身という地位を引責辞任する覚悟があるのだ……」

やがて鍵屋さんがカメラを出してきて、座敷で一堂に会した関係者を撮影した。

「タケノコがおいしい。というよりも、料理がおいしいのでしょうね」と鱸氏が言った。

「あらそんな！」と御母堂が照れる。

「いや、本当に。こんな風にタケノコを食べられる機会もめったにないことですから。ありがとうございます」と和田邊氏が感謝する。

海苔本氏が若さにまかせて、ぐいぐいとタケノコごはんをお代わりしている。彼は若くて男前であることもあり、鍵屋さんの弟氏と雰囲気が似ている。履いている靴下まで似ている。

「これを食べ終わったら、すぐに東京に帰らなくてはいけません」

海苔本氏は残念そうに言った。

「あら、忙《せわ》しないんですね」と御母堂が言う。

「出ないといけない会議があるんです」

明石氏も今日中に徳島へ帰らなくてはならない。誰もが多忙である。

「それならタケノコごはん、持って帰ってください。電車の中で食べてくださいね」

御母堂はタケノコごはんを弁当箱に詰め、彼らに渡してくれた。

海苔本氏と明石氏は頭を下げた。

「桂はいいところですねえ」と海苔本氏はしみじみ呟いている。

鱸氏が真面目な顔をして膝を進めた。

「これからも竹林部として、年に二回ほど竹を刈りにうかがいたいと思っているんですが」

登美彦氏よりもやる気を感じさせる言葉である。肝心の登美彦氏は考えごとをしているのか、お椀の底をのぞいてボンヤリしている。

「どうぞどうぞ。いつでもおいでください」

御母堂と御尊父は言った。

○

森見登美彦氏の無計画ぶりに由来する、最終回らしくもない綱渡りは、見るに見かねて救いの手をさしのべた関係者たちの協力によって成し遂げられた。

そして、「桂の埋蔵金」を心楽しく片づける饗宴が続き、明石氏が徳島における己の活躍と「自分がいかに嫁さんを大事にする男か」について理路整然と語っているスキをついて、当連載はひそやかに大団円を迎える。

「まだ竹林は制圧されていない」

「問題のすりかえだ」

「この大団円は捏造されたものである」

そう指摘する人があるかもしれない。

しかし、世の中にごろごろしている大団円というものは、きまって捏造されたものである。たとえ連載が終わっても人生は続くのであり、竹林との戦いも続くであろう。終わりとは、新しい始まりにすぎない。これを詭弁だという人は、天より飛来するタケノコに殺人光線を浴びせられるがよい。

登美彦氏はタケノコごはんをお代わりしながら、美しく手入れされた竹林と美女を夢見る。

美女と竹林。

美女はどこだ？

もちろん、かたわらを歩く妻である。

心地よい春の一日、竹林日和だ。

森見夫妻は息子をつれてタケノコ掘りにやってきた。登美彦氏は慣れた手つきでスコップをあやつり、みごとなタケノコを掘り起こす。息子たる小登美彦氏がタケノコを抱え上げて嬉しそうな顔をする。小登美彦氏が大登美彦氏を見る眼差しは、たくましい父への尊敬の念に満ちている。そして我らが大登美彦氏は、札幌農学校のクラーク博士のように竹林の奥深くを指さし、小登美彦氏の記憶の底に立派な父の姿と名台詞《ぜりふ》を残すのだ——「息子よ、おぼえておけ。竹林はつねに我らとともにある」

「何をぶつぶつ言うてはりますのん？」

鍵屋さんが言った。

「おそらく彼は妄想してるんです」と明石氏が言う。

「その妄想を我々が引き取る段取りになっております」と大口氏が言う。

「竹林というものは……いいもんですね」

登美彦氏は呟いた。

人生航路の舵取りに迷うとき、とうてい乗り越えられそうもない締切の連打に心萎えるとき、登美彦氏は幾度も竹林へ帰るだろう。

「竹林に帰っている場合じゃないですよ！」

そう誰かが叫んでいる場合も帰るだろう。

竹林とは魂が浄化される場所であり、魂が鍛えられる場所である。

今後、登美彦氏が予告もなく姿を消したとすれば、おそらく竹林に隠れている。そんなときは、彼が求めた静寂を乱さないことである。ひとり竹林へ向かう者を追ってはならない。

魂をフルモデルチェンジした彼が帰ってくるのを静かに待つのが、残された者たちの役割である。

たとえ、待つにあたいしない魂でも。

番外篇　「竹林ふたたび」

あれから二年——。

洛西の竹林においてタケノコという名の大団円を発掘してから、あっという間に歳月は流れ、二〇一〇年の六月である。かつて、締切次郎との息詰まる苦闘のかたわら、愛すべき仲間たちの助けを借りて恐るべき竹林に戦いを挑んだ森見登美彦氏はすでに京都の人ではなかった。

そして登美彦氏が不在であるのをよいことに、竹林はふたたび生い茂りつつあった。

○

登美彦氏は東京で暮らしていた。

かつて登美彦氏に竹林を伐採させてくれた鍵屋さんは、登美彦氏よりも一足先に東京に転勤しており、別の課で働いている。ときどき顔を合わせる。そして彼女は「連載が終わったら竹林はほったらかしですか?」とキビシイ指摘をした。

登美彦氏には返す言葉もない。

登美彦氏はすっかり竹林から遠ざかっていた。職場では机に向かい、自宅でも机に向かう日々。三十歳を超えて体力はますます落ち、ただでさえ少なかった筋肉はますます少なくなり、マッスル・トミーの称号は夢のまた夢だった。

結婚したことによってかつてのハングリー精神を失ったと言われてもしょうがない体たらくであった。締切次郎の攻撃は相変わらず続いていた。

ある日、登美彦氏が地下鉄千代田線日比谷駅のそばの地下道を歩いていると、ふいに竹林のざわめきが聞こえたような気がした。登美彦氏は立ち止まって耳を澄ました。おびただしく行き交うラッシュアワーの雑踏の向こうから、かすかな音が聞こえる。彼はその幻の竹林を求めてふわふわと地下道をさまよい歩いたが、東京の真ん中の地下に竹林があるわけもない。大手町駅の方まで竹林を求めて歩いたあげく、登美彦氏はようやく我に返った。

「俺は何をしているんだろう？」

千代田線に揺られながら、登美彦氏は考えた。

「俺はあのとき、作家から実業家への華麗な転身を夢見ていた。宇宙進出まで射程に入れた壮大な計画は、今どうなったろう？　あの『森見登美彦（ＭＢＣ最高経営責任者）、今すべてを語る』で描いた夢は？　仕事の忙しさにかまけているうちに、自分の天命を見失っていたのではないか」

竹林に足を踏み入れた二〇〇六年秋から二年にわたる、机上と竹林の戦いに明け暮れた日々の出来事が、走馬燈のように脳裏をかけた。あれはどんな時代であったか。がむしゃらに戦う時代であった。自分がなにものと戦っているかも分からず、とにかく目前に現れる敵たちを無我夢中でやっつけるほかない時代であった。

「あのときの情熱はどこにいったのか？」

登美彦氏は自問した。

「結婚だ、アニメ化だ、新作の出版だと、浮かれて右往左往して、俺は本当に為すべきことを忘れてしまっているのではないか？　竹を刈ることが俺のそもそもの目的だったはずだ」

　じつは竹林エッセイの連載期間中も世間に威張れるほど竹を刈っていたわけではなく、渾身の力を込めて妄想を塗り固めてお茶を濁すことに血道を上げていた、ということは、ここまで読んだ読者ならばご存じであろう。しかし、人間は自分のことになると過去を美化したがるきらいがある。登美彦氏は締切の重圧に耐えかねて、そんなふうな悲壮な妄想に逃避したい頃合いだったのだ。

　駅で降りた登美彦氏は、地上への階段を上っていると、鍵屋さんからメールが来た。

「タケノコを無断で掘って捕まった人たちがいるそうです。森見さんも捕まらないように気をつけてください」

　ひょっとすると、鍵屋家はすでに登美彦氏を見限ったのかもしれない。そして登美彦氏たちが竹林を伐採しているときに警察に捕まっても、「我々はこんな人たちは知りません。どうぞ牢屋に入れてください」と知らんぷりをするかもしれない。ひとえに、登美彦氏が竹を刈らないからである。

「こんなことではいけない！」

登美彦氏は呻いた。

「もう一度初心に返るべきである。竹を刈ることを通じて、魂を浄化する。ここに森見・bamboo・登美彦は高らかに復活を宣言し、洛西の竹林に宣戦布告するぞ！」

登美彦氏は一人で勝手に盛り上がった。

○

登美彦氏はついに腰を上げて時間を作り、竹林伐採の予定を組んだ。

久しぶりの京都である。

竹林伐採の前日、登美彦氏は職場の同僚たちと株式会社「はてな」を見学した後、京都市内を観光した。同僚が登美彦氏に彼の作品の舞台を案内してもらいたいという主張をしたからである。彼らがわいわいと鴨川デルタなどを見物している間にも、空は不吉に曇ってきて、彼らがレストラン菊水のビアガーデンで生麦酒を飲む頃には、いつ空の底が抜けてもおかしくない壮絶な色合いの雨雲が空を覆っていた。

登美彦氏は四条界隈の夜景を天狗気分で眺めながら麦酒を飲むかたわら、明日の竹林伐採が雨で流れる事態を心配していた。明日わざわざ東京から応援に駆けつけるのは、鱸氏と大口氏を筆頭とする、かつてともに竹林を伐採した光文社の編集者の方々である。

あんまり心配になった登美彦氏は鱸氏に電話をかけた。

「やばいですよ」と登美彦氏は言った。「明日、大丈夫ですかね？」

「大丈夫です。行きます」と鱸氏は言い張った。

「いや、しかし鱸さんはいわゆるアレではないですか」

「アレとはなんですか。失敬だなあ。大丈夫ですよ。僕は断じて雨男なんてものではないです」

「鱸さんが来ると危ない」

「そんな迷信は信じないですよ、僕は」

全日空ホテルにおいて仲間たちとの宴の果てに眠りについた登美彦氏は、翌日の朝八時に仲間たちよりも一足先に目覚めた。そして窓から外を見てみると、希代の雨男、鱸氏の謀略によって関西一円が雨だった。わざわざ番外篇を執筆するために、梅雨の時期を避けて竹を刈りに来たというのに、この大雨ではお話にならない。

とはいえ、編集者の人たちは待ち合わせ場所にやってくるはずである。

登美彦氏は眠っている同僚たちを尻目にホテルを抜け出し、大雨の中、阪急電車に乗って桂駅まで行った。改札を出てみると、阿内さんが立っていた。彼は登美彦氏にとって初めてのアンソロジー本『奇想と微笑　太宰治傑作選』を作った人物である。彼はジャケットを着用してなんとなく格好良いのであるが、どこからどう見ても竹を刈る格好ではなく、また雨の中へ出かけていく格好でもない。

「森見さん！　どうも！　どうも！」と阿内さんは陽気に言って手を挙げた。

そうして待っていると、ノコギリ三本がリュックからはみ出している明らかに危険な匂いのする人物が、ひょっこひょっこと改札を抜けてきた。大口氏だった。

「どうも！」と彼は言って、にっこりした。「いやあ、降りましたね！」

やがて飛行機が大好きなので飛行機でわざわざやってきたという撮影担当の真津下さんがやってきた。「ひどい雨！」と彼女は言った。

最後に改札を通って鱸氏が現れた。

「大雨ですよ。鱸さん」と登美彦氏は言った。「どういうことですか？」

「あはは。降りましたね」

「鱸さんが帰れば止むかもしれない」

「森見さん、もはや手遅れですよ。あとは机上でなんとかしてください」

○

豪雨の中、鍵屋家を訪ねた登美彦氏一行を鍵屋家の人々は驚きの表情で迎えた。ご母堂は「竹、刈らはるんですか？」とびっくりしたように言った。「刈るのです」と登美彦氏は言ったが、その表情にはまるで覇気が感じられなかった。

歯ごたえのあるケーキやタケノコ料理を振る舞うことで、当時迷走するしか能のなかった連載をそこはかとなく支えてくれたご母堂は元気であり、また威厳あるご尊父も元気だった。登美彦氏が玄関に立ってボンヤリしていると、いつの間にか目の前には鍵屋家の長男氏とそのお嫁さんとその赤ちゃんが出現していた。赤ちゃんの名前を、ここでは仮に「ちぃちゃん」としておく。

ちぃちゃんは抱かれたまま、平和な家庭への闖入者である登美彦氏をまっすぐに見つめていた。「そなたは何者?」と思っていたに違いない。無理もない。はっきり言って、登美彦氏は彼女にとっては未知の人である。むしろ「何者でもない」と言っていい。

登美彦氏がしばらく訪ねないうちに、鍵屋家の人口も幸せも着実に増えていた。
「これはいかん。竹林もわんさか増えているに違いない」
洛西の幸せ家族との語らいもそこそこに、豪雨にもひるまずに竹林へ向かって出発する一行を、鍵屋家の人々は静かに見送った。その表情からは「仕事とはいえ阿呆なことだ」という憐憫の情がうかがえた。

登美彦氏一行は懐かしい道を辿って、竹林へ向かった。灰色の空には雨雲の切れ目もなく、桂は激しい雨に煙っていた。

天候のためもあって、鍵屋家の竹林はますます暗かった。この春にタケノコが伸びて、また竹が増えたに違いない。登美彦氏たちが必死の思いで竹を刈り、作り出したスペースが縮んでいる。ここは竹林と人類の絶え間ない戦争の最前線なのだ。少しでも気を抜いたが最後、敵はあっという間に領土を拡大してくる。

「東京なんぞで時間を潰している場合ではなかった」と登美彦氏は思った。

このままではあと二年もすれば登美彦氏たちの努力は跡形もなくなり、この竹林は元の通り、みちみちに竹の詰まった、かぐや姫など決して生まれそうにない不気味な場所に戻るだろう。

登美彦氏たちは竹林の中を歩いてみた。さわさわと雨が竹の葉を打つ音が聞こえていた。竹の葉に覆われていないところには空から直に雨が降り注いでくる。雨が伝う青い竹の幹がつやつやと輝いている。たいへん美しい眺めではあったが、とても竹を刈れる状態ではない。

登美彦氏を含めた全員が竹を刈る意欲を失っていた。竹林に立つ登美彦氏を真津下さんが撮影すると、もうできることは何もなかった。大口氏が東京から持ってきたノコギリたちはリュックから取り出されることすらなかった。

竹林と戦うために温存してきたエネルギーのはけ口を探して彼らは竹林からさまよいだし、迷える子羊たちのようにひっそりと雨に打たれる桂の町をさまよったが特に行くあてもなく、その有り余る衝動を肉にぶつけるしかなかった。

桂の竹林を刈るときはつねに彼らの空腹を満たしてきたステーキハウスが国道沿

いにあるはずである。

「あれから二年、もしステーキハウスがなくなっていたら我々は今度こそ本当の窮地に陥ることになるぞ」

登美彦氏が考えながら歩いて行くと、素晴らしき哉、ステーキハウスはふつうに健在であった。

桂では実際、何もかもが健在なのである。

彼らはまるで肉を求めて桂をさまよう野人のように、ステーキハウスが開店するなり飛び込み、そしてステーキをたくさん注文した。だれもいない店内の隅で、ソファにのんびりと座り、雨が降りしきる国道沿いの景色を眺めながら、偶然立ち寄るようになったこのステーキハウスがこれまでに幾度も自分たちの空腹を満たしてくれたことを、登美彦氏は思い出した。竹林を刈ってほどよく疲れたあとに、焼きたてのじうじう音のするステーキを食べることはたいへん幸せなことであった。食後の珈琲などを飲んでいると、そのままそこで日暮れまで時間を潰したい気持ちになってしまうほど快適であった。

彼らは竹を刈ってもいないのにステーキをがつがつ食べた。

そして連載時代の想い出を語った。

当時、登美彦氏はたいへんがむしゃらに働いていた。おいそれと竹を刈ってる場合ではなかった。今となっては何がそんなに忙しかったのか、氏の記憶は曖昧になっている。ともかく登美彦氏はいろいろな連載を抱えていて、竹林を刈ることでエッセイを書くという当初の目論見から外れ、迷走に迷走を重ねていったのである。

「そういえば明石氏はどうしてるんですか?」と鱸氏が言った。

「明石氏は東京でバリバリ働いております」

何の見返りもないにもかかわらず、登美彦氏の学生時代の盟友・明石氏は、竹林伐採に協力して連載に貢献した。彼は連載期間中に司法試験に合格して司法修習生として徳島に行った。登美彦氏が東京に転勤となった二〇〇九年春、明石氏も時を同じくして徳島の司法修習を終え、東京の大手弁護士事務所で働き始めた。彼も登

○

美彦氏と同じ路線を利用し、しかも毎朝登美彦氏の下りる駅と二駅しか違わないという仲良しぶりではあるが、しかし二人が顔を合わせたことはこの一年ちょっとの間で三度ほどしかなかった。おたがいに新しい生活にあわあわしていたからである。

登美彦氏は明石氏のことを考えた。せっかくふたたび竹林に挑むのであるから、明石氏も参加できればよかったのだが、彼も今となっては時間に追われる多忙な弁護士である。「学生時代にたっぷり眠ったから、五年は不眠不休で働ける」と豪語していた彼でさえも苦労するほど多忙であった。そんな人物を、ただ竹を刈るためだけに東京から京都まで引っ張ってくることは、登美彦氏の良心がとがめた。連載が始まった当時はどこに流れていくやも不安な身の上であったことを考えればめでたいことだと言わねばならないが、しかし彼が登場できないのは残念なことであった。

「残念だなあ」と登美彦氏は呟いた。

それから、彼らは『美女と竹林』の文庫化に向けて、ふわふわと打ち合わせをするようなしないような語らいを続けた。しかし、もはや手の打ちようがない。

今回の桂行きは、竹林との新たな死闘を描く番外篇を文庫本におさめて読者の期待にこたえるとともに、鍵屋家の人々から「ちゃんと竹林を刈るつもりがあったんだな」という尊敬の念を勝ち取ることが目的であった。しかし竹林との死闘は雨に流れ、鍵屋家の人々からも「こんな雨の中、何をしてはんの？」的な戸惑いと憐憫の視線を浴びるばかりであって、これでは大の大人が五人も東京からやってきた甲斐がない。この壮大な無駄はなにごとであるか。責任者はどこか。

真津下さんはゆうゆうとワインを飲んでいる。阿内氏は珈琲に砂糖を山盛り入れる。

窓の外で降りしきる雨は、いっこうに止む気配がない。

登美彦氏はステーキハウスのソファにのんびり座って桂の一日が過ぎていくのをなすすべもなく眺めている。自分が何もしなければ、何も書くことはなく、この番外篇はこのまま終わるほかないことを登美彦氏は知っている。

「このまま終わるのだろうか？　それでもいい。どうせ無益な連載であったのだから、番外篇が有益になるはずはないのだ。しかしそれにしても、このままではあんまりではないのか？」

東京にいる鍵屋さんの呆れる顔が脳裏に浮かんだ。

「呆れた。また妄想でごまかすんですか？」

週明けに出勤したら、いち早くご母堂から情報を得ているに違いない鍵屋さんは「あーあ」と言うだろう。「わざわざ京都まで行って何してるんですか、森見さん」と言うだろう。「違うんです。鱸さんが悪いんです」と抗弁したところで、正当な主張はつねに却下される。鍵屋さんの独断によって鱸氏の責任は阻却され、登美彦氏は「やはりまともに竹も刈れない人」という烙印を押されるであろう。

「そもそも、この番外篇をどうやって締めくくる？」

登美彦氏は腕組みした。

○

ステーキハウスを出た登美彦氏一行は、ふたたび雨の中を歩き、鍵屋家へ向かった。連載時に大団円をもたらしたときと同じく、一行は計画性の無さの報いを受け、けっきょく鍵屋家の人々に何とかしてもらうしかないと判断したのである。

「書くことがなくてですね」

登美彦氏は正直に楽屋裏を明かした。「なんとかならないでしょうか」

玄関で彼らを出迎えたご母堂は「はあ」と言った。

まったく当然のことながら、鍵屋家としても竹林を刈ることもできずに無為に肉を食べただけで帰ってきた彼らに対して何をしてやれば事態が好転するのか分かるはずもなく、最初のうちは鍵屋家のお座敷において一同揃ってポカンとしたり、近況報告でお茶を濁すしかなかった。ご尊父は現在、大学の教壇に立っており、ご母堂は小学校に仕事で出かけているという。そして登美彦氏は「締切に追われています」と大した情報でもないことを語った。

ご母堂は登美彦氏が二ヶ月ほど前まで新聞に連載していた小説について、「あれ良かったですね。あの挿絵が良かったわあ」と言った。

ご母堂はフジモトマサル氏の手になる挿絵を盛んに讃え、小説の中身について触れるのは巧みに避ける一方で、「知り合いは途中で読むのを止めたって聞きました」とポロリと言って登美彦氏も編集者の人たちも何とも発言しようのない状況を作り出した後、「あらまあ、ちょっと、あら、ごめんなさい」と朗らかに謝って場を和ませるなどの巧みな話術を駆使して、登美彦氏を翻弄した。

新聞連載の出来不出来についてはこの際、おいておこう。

登美彦氏がこの文章を終わらせるきっかけを掴むべく鵜の目鷹の目で座敷を眺めていると、てっきり行き止まりだと思っていた縁側から、ふいに鍵屋家の長男氏が出現した。もの柔らかなノンビリした雰囲気で、連載時に登場した次男氏とはまた違う。そして長男氏が登場すると同時に、いつの間にか座敷には長男氏のお嫁さんも座っており、さらにご尊父の膝の上には先ほど少しだけ登場した鍵屋家の新メンバーちぃちゃんが座っていたのだった。

ちぃちゃんを膝にのせたご尊父は、周囲の時空が歪んで見えるほどその小さな子にめろめろであり、ちぃちゃんに膝をかじられ、溢れ出るヨダレが畳を潤しても何ら動じないのであった。

「かつて竹林を刈らない私を（夢の中で）一喝したご尊父が、かくもめろめろに……」

登美彦氏は衝撃を受けざるを得なかった。

しかし気がつけば、年若い長男夫婦も、ご母堂も、ちぃちゃんの一挙手一投足を全身全霊を込めて注視しており、登美彦氏たち一行の竹林伐採がどうなろうと、この文章がどのような結末に向かって進んでいようと、いっこうに気にならないふうであった。ちぃちゃんが笑えば、それでよいのだ。あらゆるエネルギーはちぃちゃんの笑顔を獲得するために費やされる。

「恐ろしい子！」

登美彦氏は畳に手をつき、彼女を観察した。

ちぃちゃんはひとしきりご尊父の膝に攻撃をくわえることに専念していたが、やがてちょっと膝の味に飽きたらしく、フッとあたりを見回した。そして畳に座っている阿内氏をジッと見つめだした。阿内氏はもう大きな子どもがある人だが、赤ちゃんから浴びせられる熱視線に耐えかね、「あれ、なんだろ。こっち見てますね。なんだろ」とむやみに困りだした。

やがてお嫁さんがちぃちゃんにごはんを食べさせようとしたが、彼女は何かたいへん不満があるらしく、ぶぶぶといかにも不満そうな音を出し、その何かぬるぬるした赤ちゃん用のごはんを断固拒否し、さらには泣きだした。そうすると彼女は長男氏↓長男氏のお嫁さん↓ご尊父↓ご母堂↓ご尊父↓長男氏のお嫁さん↓ご母堂↓（以下省略）というように、火事場のバケツリレーのように的確な動作で受け渡されていき、その過程で彼女の顔には笑みが戻った。

突如ご機嫌になったちぃちゃんは超音波のような音を発生させたり、テーブルクロスをぐいぐい引っ張ったり、手近なところにあるティッシュペーパーを引っ張り出してやろうと虎視眈々と狙ったりした。そしてついには畳にうつぶせになった状態で、ぐるぐると同じ場所で高速回転を始めた。まだ運転の仕方がよく分からないらしいのである。

あまりの自由自在ぶりに観察するほかなく、気がつけば、その座敷にいる鍵屋家の人々、編集者の人々、登美彦氏、すべての人がちぃちゃんの一挙手一投足を見守っているのだった。

すでに鍵屋家の主導権は実質的に彼女の手の中にある。

その事実を発見したとき、登美彦氏は、今後鍵屋家の竹林に出入りさせてもらうためには、この小さいながらもすでにかぐや姫的天下無敵の立ち位置を確立しつつあるしたたかな赤ちゃんに気に入られねばならぬと考えた。

畳の上でぐるぐる回転していたちぃちゃんが、ぴたりと動きを止めた。

彼女はぐうと背を反らして、登美彦氏を見上げた。「そなたは何者？」と目で問いかけてくる。

登美彦氏は「美女」と言った。

大口氏が「なるほど美女ですねえ」と言った。真津下さんが「美女よね」と言い、阿内氏が「美女かあ」と言った。そして鱸氏が「ま、美女ってことですね」と言った。

ちぃちゃんが笑ったので、一同はホッとした。

美女と竹林。

美女と竹林は等価交換の関係にある。

○

かくして鍵屋家のお座敷において、傍若無人に活躍する美女を発見したことに満足し、登美彦氏一行は鍵屋家を後にした。

玄関で見送られながら、次にやってくるとすれば、それは秋のことであろうと登美彦氏は考えた。そのときには、鍵屋家を支配するちぃちゃんはもっと成長しているに違いない。

それにしても、わざわざ文庫化に際して、竹林のその後を描くために東京からやってきたというのに、相も変わらぬぐだぐだぶりはどうしたことであろうか。連載時にはもったいぶっているわけでもないのに竹を刈ろうにも刈れない状況に追い込まれていたが、まさか連載が終わった後の番外篇においてさえ竹を刈れず、東京から桂まで出動しながら赤ちゃんと遊んで帰るのみとは。かつて登美彦氏が裏山の和尚さんにかけられたという「実益のないことしか語ることができない」という呪いが現在もまだ続いているのか。

とりあえず、ここに登美彦氏はまた実益のないことを語り終わった。

登美彦氏は愛すべき竹林を離れ、東京へ戻る。このままではいけないということは、登美彦氏自身がよく分かっている。彼は雨に煙る桂の町を眺め、登美彦氏の不在のときを狙って、じわじわと周囲を侵食している美しい竹林のことを考えた。

「いずれ近いうちに、本当にＭＢＣ設立のために動きだそう」

登美彦氏は呟いた。

そして登美彦氏はかつて描いた栄光の未来を、あらためて想った。

「いずれはカリスマ竹林経営者として、ＴＩＭＥの表紙を飾る。これはもう、作家業に行き詰まった場合の布石なんていう生半可なものではない。華麗なる転身だ。世界の森見、森見・Bamboo・登美彦！　たまには小説も書く社長。そしてうなるほどの大金を稼ぐ。その大金でまた竹林を買う。竹林で盛大なパーティを開いて、初恋の人が来てくれるのを待ってみたりする。親友の明石にはＭＢＣの重役兼顧問弁護士をやってもらおう。たまには長期休暇を取って、どこかへ旅行に出かけるのもいいな。そうだ、経費で自家用セグウェイを買って、明石や社員たちと視察をかねて琵琶湖を一周しよう……うぃーん」

登美彦氏はそんな未来に我を忘れ、雨の中にボーッと佇んでいる。

向こうでタクシーを呼び止めた鱸氏が振り返り、「森見さん！」と叫んだ。「帰りますよ！」

「二十一世紀は竹林の時代じゃき」

登美彦氏は傘を振り回しながら言った。「諸君、竹林の夜明けぜよ！」

●初出　「小説宝石」二〇〇七年一月号〜二〇〇八年一月号、
二〇〇八年三月号〜六月号
二〇一〇年十月号
●二〇〇八年八月　光文社刊

光文社文庫

美《び》女《じょ》と竹《ちく》林《りん》

著　者　森《もり》見《み》登《と》美《み》彦《ひこ》

2010年12月20日　初版1刷発行
2017年5月15日　11刷発行

発行者　鈴　木　広　和
印　刷　萩　原　印　刷
製　本　ナショナル製本

発行所　株式会社　光　文　社
〒112-8011　東京都文京区音羽1-16-6
電話（03）5395-8149　編　集　部
8116　書籍販売部
8125　業　務　部

落丁本・乱丁本は業務部にご連絡くだされば、お取替えいたします。
ISBN978-4-334-74895-1　Printed in Japan

組版　萩原印刷

お願い　光文社文庫をお読みになって、いかがでございましたか。「読後の感想」を編集部あてに、ぜひお送りください。

このほか光文社文庫では、どんな本をお読みになりましたか。これから、どういう本をご希望ですか。

どの本も、誤植がないようつとめていますが、もしお気づきの点がございましたら、お教えください。ご職業、ご年齢などもお書きそえいただければ幸いです。当社の規定により本来の目的以外に使用せず、大切に扱わせていただきます。

光文社文庫編集部